Sadeltjuvarna

GUNILLA KARE

ISBN 978-91-8007-970-9
© Gunilla Kare 2022
Förlag: BoD – Books on Demand, Stockholm, Sverige
Tryck: BoD – Books on Demand, Norderstedt, Tyskland

Personer:

Vanja, 30 år, jobbar på byggshopen, tävlar fälttävlan med sin häst Ametist och är tillsammans med

Rasmus, 28 år, jobbar på bygge, spelar fotboll

Marlene, 30 år, kompis med Vanja sedan tonåren, jobbar på ridskolan och fritidsgården, har ett dräktigt sto, Miranda, och rider Soraya. Bor i Ankaret tillsammans med

Ludde, 32, polis

Andreas, 31, kompis med Vanja och Marlene, har sina två ston Asta och Cider i stallet som de byggt tillsammans i Vädersjö, bor i Ankaret, jobbar som lärare. Vet inte om han har ett förhållande med hovslagaren Ola, 33.

Gabriella, 26 år, bor i Ankaret, har en arabvalack inhyrd i stallet, jobbar som personlig assistent.

Lydia, 56, driver Tungelsta Ridskola, bor i Lillgården

Anette, 34 år, bor i lägenhet i Lillgården, tidigare sambo med Glenn, har gått ner i vikt och lagt om stil. Arbetslös.

Pia, 41, bor i villa i närheten av kvarteret Ankaret i Tungelsta, men avtjänar när boken börjar ett fängelsestraff för dråp på Gabriellas pappa. Har en bror Kent, som är kåkfarare. Hans kompis

Conny har hyrt Pias hus under fängelsetiden

Sabina, 23, rider på ridskolan, bor i lägenhet i Ankaret tillsammans med

Pärra, som tidigare ägnade sig åt stölder och rån men på senare tid skaffat ett jobb och sköter sig. Pärras gamla kompis

Bärra går fortfarande den breda vägen
Ali, 25, driver pizzerian i Tungelsta där Sabina jobbar
Carola, 28 och
Susanna, 27 rider på ridskolan

1 Stölden

Söderbyvägen, som går mellan Tungelsta och Nynäsvägen, går förbi Tungelsta Ridskola. Strax efter ridskolan går Vadetvägen in till höger. I den korsningen står en svart skåpbil parkerad ikväll liksom flera kvällar tidigare. Det är en Mercedes av äldre modell, förmodligen från nittiotalet. Dörrarna har börjat anfrätas av rost nertill och lacken är matt. Inne i bilen sitter två män i mörka kläder med kepsarna nerdragna i pannan. Lydia och Marlene, som turas om att kvällsfodra på ridskolan, har lagt märke till bilen men inte ägnat den några djupare funderingar.

Den här kvällen i mitten av september svänger den ner till ridskolan, efter att Lydia släckt och stängt och gett sig iväg till fots ner mot Lillgården, där hon bor i en trea sedan några år tillbaka. Det regnar och blåser och är mörkt ute och få människor i rörelse. Ingen ser att skåpbilen fortsätter in på parkeringen och stannar bakom några träd. De mörkt klädda männen försvinner in genom stalldörren. Den gnisslar lite lätt, men ljudet drunknar i oväsendet från regnet som smattrar mot stallets plåttak och vinden som viner runt stallknuten.

Inne i stallet står hästar på båda sidor och tuggar på sitt hö. Det luktar svagt av spån och gödsel från hästarnas bäddar. Hästarna tittar upp men fortsätter sedan lugnt att mala. Det är ett rofyllt, rytmiskt ljud men de båda männen verkar inte märka det. En av männen tänder en ficklampa. Den andre mannen tar fram en kofot som han har innanför jackan. Med bestämda steg går de mot dörren som går till sadelkammaren. Det är en ganska enkel trädörr med låsregel och hänglås. Med hjälp av kofoten bänder de loss låsregeln på mindre än en minut. I sadelkammaren hänger ett drygt tiotal sadlar av skiftande kvalitet och värde. De mumlar något till varandra och tänder sedan varsin cigarett. Ett par av hästarna frustar till av röken. Med ciggen i mungipan hjälps de båda männen åt att bära ut sadlarna och lägger dem utanför stalldörren, släcker ficklampan och lastar in sadlarna i skåpbilen. Det hela är över på mindre än tio minuter. Skåpbilen svänger vänster ut på Söderbyvägen och fortsätter förbi Tungelsta mot Södertälje.

Ingen har lagt märke till något.

2. Uteritt

Det var söndag morgon och Vanjas tur att ha morgonpasset i deras stall i Vädersjö. Kvart i sju larmade hennes telefon men då var hon redan vaken. Hon satte på sig ridbyxor och tröja, drog ihop håret till en tofs som hon fäste med en gummisnodd. Hon hittade ett paket juice i kylskåpet som var nästintill tomt, drack direkt ur paketet och tog en bit knäckebröd i skafferiet. Innan hon gav sig av satte hon på sig stalljackan och jodhpursen som stod innanför dörren.

Det var i mitten av september och än så länge hyfsat ljust på morgnarna. Utanför huset stod hennes gamla röda Volvo och den startade snällt utan att krångla. Hon körde ner mot Tungelsta och sedan vidare upp mot stallet.

Vanja och hennes kompisar, Marlene och Andreas, hade tillsammans med några andra hästägare byggt stallet drygt två år tidigare. De hade köpt en lada i Vädersjö, ett par kilometer från Tungelsta och hjälpts åt att inreda den.

Vanja gillade att ha stallet på helgmorgnarna. Det var få människor i rörelse och stilla på ett sätt som ingav lugn, särskilt morgnar som denna när det var klart och stilla. Solen var redan uppe och började värma upp luften. Prick klockan sju var hon framme och kunde ge hästarna deras morgonhö. I den lilla sadelkammaren fanns en kaffebryggare och när alla sex hästarna hade fått mat, satte hon på ett par koppar.

En stund senare hade hon fått i sig kaffet och hästarna hade ätit klart och hon kunde släppa ut dem i hagarna utanför stallet. Hon gjorde rent Ametists box och packade hö i hans påsar. En till lunch, en till kvällen och en till morgonen. Insläppsmaten la hon in i boxen.

När hon hade sopat stallgången och krattat gårdsplanen var klockan inte ens nio. Klockan tio skulle de rida ut tillsammans hade de bestämt, Vanja, hennes bästa kompis Marlene, och Marlenes elev Gabriella samt deras gemensamma vän Andreas, alla tillsammans. Det skulle bli kul med ridsällskap för engångs skull.

Hon gick in i sadelkammaren för att putsa sina saker, göra rent lädret och smörja in det, såväl sadel som träns och ridstövlar. Lika bra att passa på när hon hade tid. När hon var klar tog hon in Ametist från hagen, satte fast honom i kedjorna i stallgången och började rykta. Det dröjde inte länge förrän Gabriella kom farande på sin cykel.

”Vad härligt det ska bli att rida ut alla tillsammans”, sa Gabriella när hon klev av cykeln.

”Hmm, ja.”

Vanja tyckte att Gabriella var lite fjantig, lite överdrivet positiv och samtidigt mesig. När de byggde stallet för ett par år sedan hade Gabriella varit lite plufsig men sedan skaffade hon häst, började röra på sig och nu var hon mer normal.

Tur det. Gabriellas häst var en liten arabvalack som troligen inte hade orkat släpa runt en tjockis i längden, tänkte Vanja. Lite synd om henne var det kanske eftersom hennes pappa hade blivit dödad men å andra sidan var han ju inte riktigt klok som gav sig på hästarna.

Gabriella tog in sin häst och började göra iordning honom.

Marlenes grå Subaru svängde in på gårdsplanen och stannade en bit från stalldörren.

"Tja", sa Marlene när hon klev ur bilen.

Marlene var inte stor, kanske 160 cm i strumplästen och smal. Hon hade mörkt hår som räckte henne till midjan. Idag hade hon flätat det i en tjock fläta. Hon gick in i sadelkammaren, satte på sig ridstövlarna och tog med sig ryktgrejorna ut i stallgången innan hon hämtade in Soraya från hagen. Soraya var Pias häst, men Pia satt i fängelse och Marlene hade lovat att hon skulle ta hand om Soraya tills Pia kom tillbaka. Marlenes egen häst, Miranda, var dräktig och fick gå på halvfart fram till fölningen i vår.

Marlene var Vanjas kompis sedan flera år tillbaka. De hade träffats på ridskolan som tonåringar och blivit lite

extra omhändertagna av sin ridlärare, Lydia, och fått
sova över där ibland när livet hade varit jobbigt för dem.

"Nu kommer Andreas också", sa Gabriella.
Den röda Toyotan stannade bakom Marlenes bil,
bildörren öppnades och Andreas långa, vältränade
kropp gjorde entré i stallet.
Han såg oförskämt bra ut. Slöseri på en kille som inte
var intresserad av tjejer, tyckte Vanja.
"Vilken häst ska du ta?" undrade Vanja när Andreas
kom ut med sina ryktgrejor från sadelkammaren.
"Det får bli Cider. Asta blir så het om hon får
sällskap."
"Jag trodde att Cider var piggare, eftersom hon är
yngre", sa Gabriella.
"Det är inte samma sak", sa Vanja. "*Het* är mer som
att hon blir stressad."

En stund senare hade alla fyra sadlat och tränsat och
ledde ut sina hästar från stallet. På himlen syntes lätta
moln och emellanåt tittade solen fram. Det var varmt
för att vara i mitten av september. Vanja tog av sig
jackan och slängde den på bänken utanför stallet.
"Hoppas det inte blir regn", sa hon.
"Det ska inte bli regn förrän till kvällen", sa Andreas,
som alltid hade koll på den senaste väderprognosen.

De hade bestämt dagen innan att de skulle passa på att ta en skogstur tillsammans när de var lediga samtidigt. På vardagarna jobbade Marlene på kvällarna, antingen på ridskolan eller på fritidsgården. På helgerna var det ofta någon som skulle tävla. Andreas tävlade hoppning med sina två ston, Vanja hade bara Ametist, en valack som hon tävlade fälttävlan med. Marlene hade ett sto, Miranda, som förhoppningsvis var dräktig och skulle föla till våren. Dessutom var det Soraya som hon tävlade dressyr med och som inte var hennes egen. Gabriella var Marlenes elev och deras inackordering. Hon var lite mindre erfaren än de andra. Hon hade fått Monty för två år sen, hade varit rädd och försiktig i början men det hade gått över.

Marlene ledde fram Soraya till pallen som stod utanför stallet. Soraya var en ganska stor häst, en och sjuttiosex över manken och Marlene behövde pallen för att komma upp på ryggen men de andra använde också pallen, dels för att spara sina knän, dels för att hästarna skulle slippa ha sin ryttare hängande och klängande på ena sidan.

"Vilket jobb du har gjort med henne, hon har verkligen blivit välmusklad och fin", sa Andreas till Marlene.

Marlene log.

"Tack. Ja, hon har utvecklats."

När alla fyra satt på sina hästar och hade dragit åt sadelgjordarna red de iväg inåt skogen.

"Va snällt att jag får följa med er ut´, sa Gabriella. "Hoppas jag inte är i vägen."

"Det är du inte", sa Marlene.

Gabriella sken ikapp med sina nyputsade ridstövlar.

"Bara vi slipper höra något 'vänta på mig' när vi ska galoppera sen", sa Vanja.

"Ska vi galoppera?" sa Marlene. Jag tänkte att vi mest skulle skritta."

"Dressyrryttare!" sa Vanja. "Eller hur Andreas?"

"Jag skrittar nog gärna. Lite trav möjligtvis."

"Bara för att du behöver konditionsträna, Vanja, kan du inte förutsätta att vi andra är med på det", sa Marlene.

"Jaja, det är ju bra att skritta ibland också. Hur är det med Miranda, förresten? Är hon dräktig?"

"Hoppas det. Har du någon mer tävling på gång?"

"Det blir nog en till. I Skåne någonstans, tror jag. Det blir ett jäkla farande runt till de få tävlingar som finns när man rider fälttävlan. Själv då?"

"Hmm, jag tänkte debutera medelsvår nästa helg. Du då, Andreas?"

"Kanske längre fram. Jag behöver träna mer. Får fokusera på dressyren ett tag."

En dryg timme senare var de tillbaka, behagligt trötta och hästarna kändes rastade och avslappnade.

"Det är bra arbete att rida i skogen, även om man tar det lugnt", sa Andreas. "Eller hur, Vanja?"

"Jaja, sluta tjata."

"Va roligt det var", sa Gabriella. Tack för att jag fick följa med.

När de hade släppt ut hästarna i hagen igen tog Andreas in sin andra häst, Asta. Marlene hämtade Miranda. Gabriella satte igång att göra rent Montys box och packa höpåsar för att sedan cykla hem igen.

"Ska jag mocka åt er?" frågade Vanja när Marlene och Andreas var på väg ut med hästarna.

"Gärna, om du vill, sa Marlene.

"Jag gör det helst själv", sa Andreas. "Jag ska hem och äta och sen kommer jag tillbaka i eftermiddag. Jag har ändå insläppet."

Vanja tog sig an Marlenes båda boxar och var precis färdig när Marlene var tillbaka. Miranda var ju dräktig och skulle ta det lugnt. Vanja satte på kaffe och när Marlene hade släppt ut sin häst satte de sig på bänken utanför stallet i solen med varsin kopp.

"Är det bra med Rasmus?" sa Marlene och blåste på kaffet.

"Hmm. Skulle egentligen vilja träffa honom oftare. Han kommer bara tre eller fyra kvällar i veckan."

"Kan ni inte flytta ihop?"

"Jag tänker det ibland."

"Och?"

"Han bor hos sin mamma. I sitt gamla pojkrum. Hon tvättar och sköter allt åt honom. "

Marlene skrattade.

"Äh, det tar du väl ur honom."

" Kanske, men det är ändå lite varningslampa för det där med mammas pojke. Lite bra att hinna längta också. Det är i alla fall tusen gånger bättre än med Niklas."

"Haha, ja den dåren."

"Jag fick hela tiden stressa och oroa mig för att inte komma hem senare än jag hade sagt. Han blev inte bara sur utan dessutom svartsjuk och trodde att jag hade tid att vara otrogen också. Men han var en idiot och det är bra att jag blev av med honom."

"Jag har ändå svårt att tänka mig någon slags särboförhållande."

"Hur är det med Ludde förresten?"

"Bra, fast ... Det är väl så det blir. Jag tycker inte att han anstränger sig som han gjorde i början."

Vanja tog en klunk kaffe.

"Jag har inte haft mens på ett bra tag, sa hon. Undrar om jag är stressad eller nåt. Jag kan ju inte vara med barn i alla fall."

Marlene skrattade. Lite hånfullt som Vanja tyckte. Men det kan ha varit inbillning.

"Kan du inte?"

Det räckte. Vanjas tankar började snurra. Kunde hon inte?

När de hade druckit upp sitt kaffe hjälptes de åt att ge hästarna lunch. Vanja lämnade Marlene och stallet och tog sin gamla röda Volvo och körde hem till sitt lilla hus utanför Tungelsta. Ikväll skulle Rasmus komma och det pirrade lite behagligt i magtrakten. Hon stannade vid Coop i Tungelsta och köpte fisk, grädde, ost och potatis. Rasmus fick alltid god mat när han kom. Det var som vanligt när hon var förälskad. Vägen till mannens hjärta gick genom magen. Det var en klyscha men den stämde ofta. Väldigt ofta.

Det var lunchdags och pirrandet i magen var visst inte bara glad förväntan utan även hunger och hon köpte en hamburgare, en Cola och lite pommes innan hon fortsatte hemåt. Solen hade försvunnit bakom några stora, mörka moln och en vindpust förvarnade om vad som komma skulle.

3 Hemmakväll

Några timmar senare satt Vanja i soffan med fötterna upplagda på soffbordet framför sig. Från ugnen i den lilla kokvrån började doften av fisk, ost och grädde att sprida sig och sätta igång ett sug i magtrakten. Hon hade hällt upp en öl som hon smuttade på samtidigt som hon kollade Facebook på sin telefon. För att det inte skulle kännas för tyst och ensamt innan Rasmus kom hade hon satt på tv:n också och från högtalarna som var kopplade till datorn kom musik. "I put a spell on you" med Creedence. En av hennes favoriter. Hon hade duschat och tvättat det halvlånga, tunna, råttfärgade håret och satt på sig en mjukisoverall. Hon var inte helt nöjd med hårfärgen, men det vore henne mycket långt ifrån att blondera det. Var det några människor hon hade svårt för så var det såna där blonderade brudar med lösögonfransar och lösnaglar. Så naturligt som möjligt var en av hennes principer.

Ute försvann ljuset allt tidigare. Visst kändes det trist att sommaren tagit slut men det var skönt att kunna vara inne på kvällarna utan dåligt samvete. Det var redan mörkt och man kunde inte se något genom fönstren. Det regnade och blåste och på ett sätt kändes det tryggt. På samma sätt som hon alltid var tryggare ensam i skogen än inne i stan. Risken att de där fula gubbarna, eller vad det nu var som kunde skrämma henne, sprang omkring i regnet ute i skogen, kändes i det närmaste obefintlig. Ändå gjorde mörkret henne medveten om att hon var ensam. Inte så att hon var mörkrädd, nej, det förnekade hon bestämt, men musiken och tv:n var ändå ett litet sällskap

Så här års skulle hon kanske ändå kunna tänka sig att flytta tillbaka till ettan i Ankaret i Tungelsta, där hon hade bott tidigare. Till civilisationen. Men det var bara när det blev mörkt och kallt ute. På sommarhalvåret älskade hon att kunna gå ut i morgonrock och sätta sig på trappan med en kopp kaffe.

Vanja bodde i ett litet hus i ett sommarstugeområde mellan Västerhaninge och Tungelsta, en stuga som rustats upp för åretruntboende. Hela huset var fyrtio kvadratmeter och rymde ett litet vardagsrum med ett par soffor, ett bord och en tv-apparat, en kokvrå och ett minimalt sovrum där Vanjas dubbelsäng nätt och jämnt fick plats. Dusch och toa fanns också. Huset hade hennes mamma hjälpt till att betala.

Dåligt samvete antagligen, tänkte Vanja.

Det var bara att tacka och ta emot. Ersättning för all förlorad tid, tid då Vanja var tonåring och fick vara ensam för att mamman var ute med olika snubbar, ibland hemsläpade och presenterade som något slags pappasubstitut men de stannade aldrig länge. Vanja gillade inte att vara ensam, det hade blivit tillräckligt av det traumat när hon växte upp. Då hade hon stuckit hemifrån när det blev som värst. Åkt in till stan, hängt med killarna runt city, provat alla möjliga droger. Så småningom fick hon rena blackouts. Hon kunde inte minnas vad hon gjort när hon vaknade nästa morgon och då blev hon rädd.

Räddningen hade blivit hästarna och ridningen. Hon hade hängt på ridskolan så ofta hon kunde och efter en tid hade Lydia, som var ridlärare, lagt märke till henne och tagit med henne hem. I stallet hade hon träffat Marlene, som också hängde där var och varannan dag. Marlene hade också börjat sova över hos Lydia och de hade blivit kompisar.

Vanja hade fyllt trettio år och Rasmus, hennes pojkvän, var ett par år yngre. Hon hade träffat Rasmus drygt två år tidigare när de hade invigningsfest i sitt stall och firade att de hade byggt färdigt. Rasmus följde med på festen som kompis till en av hästägarna och Vanja hade skyndat sig att lägga beslag på honom. Han var nästan för bra för att vara sann. Han var snygg, snäll och vältränad. Han spelade fotboll flera dagar i veckan och det var perfekt. Som hästtjej var det omöjligt att ha en kille utan intressen. En kille som satt hemma och väntade på att hon skulle bli klar i stallet, vilket hon aldrig blev i tid. Sa hon två timmar, tog det tre eller fyra.

När Rasmus kom in i hennes liv hade hon börjat springa och de brukade ta en runda tillsammans ett par dagar i veckan. Vanja hade lätt för att lägga på sig ett par extra kilo och hon hade varit lite i rundaste laget när hon träffade honom men några månader senare hade hon gjort sig av med det extra plufset. Det hängde väl samman med de lite nyttigare matvanorna också. Det blev mer fisk, mer grönsaker, mindre chips och godis. Öl, däremot, hade hon svårt att låta bli.

Någon last måste man ändå ha, tänkte Vanja.

Det var inte alltid starköl, det gick bra med sån där öl hon kunde köpa i livsmedelsaffären också men när det skulle var extra festligt fick hon åka upp till Systembolaget i Haninge Centrum och köpa några IPA eller Weissbier.

Hon sjöng med till musiken. Nu spelades "Whole lotta love" med Led Zeppelin. Vanja gillade gammal rockmusik, det hade hon fått med sig från sina gamla killkompisar.

Hon scrollade genom inläggen på Facebook. Där varvades som vanligt förskönade selfies av "vänner" med tröttsamma bilder på läcker mat, söta barn och djur. Kärleksförklaringar till anhöriga som fick henne att undra om de aldrig träffade föremålet för sina ömma känslor så att de kunde framföra dem direkt. Där florerade artiklar som delats och kommenterats utan att ha blivit lästa och kommenterats igen utan att befintliga kommentarer lästs. Var folk verkligen så lata eller korkade? Eller var det den sviktande läsförmågan som fick denna följd?

Hon undrade ibland varför hon överhuvudtaget läste inläggen men så kom där ibland intressanta eller roliga artiklar. Nyheter som hon inte hade hört eller läst. Varningar som denna: "Sadelstöld". Det var inte första gången hon såg det. Nu var det en ridskola som blivit bestulen. Ett tjugotal sadlar var försvunna. Vem var det som behövde så många sadlar? Bilder på tomma sadelhängare illustrerade artikeln. Märkligt att inte ens hästvärlden var förskonad från kriminalitet. Vad var det för folk som inte kunde låta bli andras grejor? Hon hade hört talas om beställningsjobb men i så fall tömde de väl inte en hel sadelkammare? Då gick de väl in och tog ett par märkessadlar? Det gick även rykten om att de åkte utomlands och sålde sadlarna. Till Polen. Eller Baltikum. Tur att deras stall låg så långt ut i skogen. Dit hittade säkert inga tjuvar.

Nu hörde hon en bil, strålkastare som lös in genom fönstret och så var Rasmus där och de kunde äta. Skulle hon säga något till honom om sina misstankar? Nej, det fick vänta tills hon var säker.

"Det luktar gott."

"Hur gick det?"

Rasmus hade varit iväg och spelat fotbollsmatch.

"Nä, inte bra, nu åker vi nog ner i trean."

Rasmus tog av sig skorna innanför dörren och hängde jackan på klädhängaren. När Vanja kom bärande på ugnsformen med fisken pussade han henne i nacken. Han var ett par decimeter längre än Vanja, nästan en och nittio och fick böja sig lite för att nå. Vanja skrattade.

"Akta så jag inte tappar maten."

4 Vånda

Nästa morgon hade det slutat regna och solen tittade fram bakom ett moln. Det var svalt på morgnarna och björkarnas blad hade börjat gulna. Än så länge var det behagliga temperaturer ute men det var bara en tidsfråga innan det slog om på allvar. Sommaren hade varit härlig och Vanja hade hunnit starta fälttävlan med Ametist ett par gånger under sensommaren. Hon var nöjd med resultaten, hon hade till och med lyckats placera sig en gång.

Hon måste masa sig ur sängen, det var hög tid att åka och jobba. Rasmus hade redan gett sig iväg, han började tidigare och hade längre att åka till sitt jobb.

Hon la benen över sängkanten och tog en klunk vatten ur muggen som stod på nattygsbordet bredvid sängen, böjde sig ner och drog på sig jeansen som låg på golvet. I garderoben hittade hon en ren tröja och ett par rena strumpor. Hon kollade sig snabbt i spegeln, drog hårborsten genom sitt mörkblonda – eller råttfärgade – hår, drog på roll-on-deodorant under armarna. I kylen var det som vanligt ganska tomt, men hon hittade ett halvfullt paket fruktyoghurt som hon tömde direkt i munnen.

Utanför huset stod hennes gamla röda Volvo och den startade snällt den här morgonen också, som alla andra morgnar. Det tog henne tio minuter att köra upp till

Västerhaninge och jobbet på byggmaterialhandeln. När hon kom fram började hon med att byta om. Sen hällde hon upp en kopp kaffe och satte sig på sin arbetsplats på det lilla kontoret hon delade med sina jobbarkompisar Johan och Anton.

Vanja jobbade på lagret. Hon körde trucken och lastade av varor som levererades till bygghandeln men hon plockade även upp varor i den lilla butiken, färgvaror, verktyg, spik och skruv och allt annat. Hennes båda jobbarkompisar, Johan och Anton, hade redan gått ut och börjat jobba. Hon tömde koppen i ett par klunkar, reste sig och gick bort till almanackan som hängde på väggen. Sex veckor försenad i morgon. Hon kunde inte släppa de malande tankarna som hade börjat oroa henne på allvar efter Marlenes enkla fråga dagen innan. *Kan du inte?* Hon hade en släng av maginfluensa för ett tag sen och hon glömde att ta sitt piller en dag förra månaden. Men ändå. Risken borde vara mikroskopisk. Hon bestämde sig ändå för att ta vägen förbi apoteket och köpa ett gravtest efter jobbet. Lika bra att få det gjort så kunde hon slippa oroa sig mer.

Hon gick inte direkt omkring och längtade efter småbarn, hade aldrig gjort. Det fanns så mycket annat hon ville göra. Hon hade egentligen inte funderat över om hon vill ha barn överhuvudtaget. Fast det ville hon väl? Det vill man väl? Men inte nu. Nåja, en sak i taget.

Först skulle hon göra gravtestet så fick hon ta ett beslut utifrån det.

Efter jobbet åkte hon upp till Västerhaninge centrum, handlade lite mat och gick in på apoteket och köpte ett test. När hon kom hem gjorde hon det direkt och det var positivt. Hette det. Om man nu inte vill ha barn var det väl inte så jävla positivt? Själv visste hon inte. Hon var trettio år och om hon skulle ha barn var det väl dags nu? Men hon hade inte tänkt sig att skaffa barn just nu. Hon hade kommit igång så bra med sitt tävlande och ville fortsätta med det. Hon trivdes med att ha det som det var. Rå om sig själv och jobba på dagen, åka till stallet och rida på kvällen, träffa Rasmus ibland, ta en öl eller två när hon kom hem .

Men om hon skulle vara med barn. Hur skulle det bli då? Skulle de bo tillsammans i hennes lilla hus? Hur skulle det bli med hästen och ridningen? Skulle det bli slut på friheten, bunden vid en bebis som skulle passas dygnet runt?

Vanja bytte om och åkte till stallet, mockade, red, fixade foder, åkte hem igen. Den stunden hon satt på hästen var hon som vanligt befriad från alla andra tankar men så fort hon var klar började ältandet igen. Den här kvällen skulle inte Rasmus komma hem till henne. Lika bra det. Hon skulle aldrig klara av att behålla graviditeten som en hemlighet och hon var tvungen att tänka igenom det helt själv först, innan hon bestämde något och innan hon berättade för honom.

Vanja kokade pasta, hällde lite på olivolja och ketchup och åt men var egentligen inte hungrig. Hon försökte titta på en serie på tv men kom inte riktigt in i handlingen. När hon hade lagt sig kunde hon inte sova. Hon låg och vred sig fram och tillbaka och kunde inte släppa tankarna. Hon måste ta ett beslut. Hon slumrade antagligen till en kort stund men hon vaknade som ett skrumpet äpple.

Som tur var hade hon handlat lite igår och i kylskåpet fanns juice, smör och en tub räkost. På bänken låg en skivad Skogaholmslimpa. Hon tog en skiva bröd, bredde snabbt på smör och klämde ut en slinga med räkost, drack juice direkt ur paketet och tog mackan med sig i bilen.

När hon kom fram till firman, gick hon direkt till fikarummet och hällde upp en automatcappuccino i en pappersmugg innan hon gick ut i butiken. Tur att hon hade schyssta jobbarkompisar. De ställde alltid upp för varandra om någon hade en dålig dag. Många gånger hade hon kunnat vila en stund på soffan när det var riktigt jobbigt.

"Vanja." Det var Janne, hennes chef.

"Ja?"

"God morgon, förresten. Har du lust att komma in till mig ett tag sen?"

"Visst."

Något drog ihop sig i magen. Vad kunde det vara? Men hon hade väl inte misskött sig? Inte vad hon visste. Hon hade inte ens varit hemma från jobbet särskilt ofta senaste tiden. Hade bara varit iväg en liten stund till "tandläkaren" igår. Det var främst Marlenes förtjänst att hon inte var "sjuk" så ofta längre. Marlene gillade inte att hon var hemma om hon inte var riktigt dålig. Rasmus kunde också pika henne. Nej, det måste vara något annat.

5 Hästägaren

"Jaaah!"

Marlene stelnade till. Ludde satt framför tv:n med en ölburk i handen och kollade på hockey och varje gång Djurgården gjorde mål skrek han. Hon kunde inte vänja sig. Ludde hade många bra sidor men hans fanatiska intresse för hockey i allmänhet och för Djurgården i synnerhet var inte en av dem. Han ville gärna att hon skulle dela hans intresse och i början, när hon var nyförälskad följde hon en gång med honom på en match. Då satt de bland hans kompisar på Djurgårdsläktaren så klart, bland blå-röd-gula halsdukar och mössor. Det var högljutt och Ludde skrek när hans favoriter gjorde mål, tittade på henne med tindrande ögon som tycktes fråga:

" Är det inte fantastiskt?" och hon log lydigt mot honom.

Så hade något hänt på isen som hon inte uppfattade. Hon tittade väl inte tillräckligt uppmärksamt. Ett domslut till Djurgårdens nackdel och plötsligt stod alla omkring henne upp och skrek:

"Döda domaren!"

Hon följde aldrig med mer.

Underlig sport. Jämfört med hennes sport, ridsporten, som helt saknade huliganer och supportrar med ölkassar. Visst hände det att ponnyföräldrar på läktaren ansåg att domaren var orättvis, men de muttrade mest för sig själva eller till någon som satt bredvid.

Nu satt hon vid köksbordet och hade sin laptop uppslagen. Hon kollade efter tävlingar på TDB, tävlingsdatabanken. Hon hade tränat med Pias häst Soraya i över två år och nu var de igång och tävlade dressyr. Hon hade löst licens, både för Soraya och för sig själv. Hästen var i bra form, mjuk, lydig och välriden. De hade redan varit ute och startat några lätta klasser i dressyr med bra resultat och nu skulle de debutera medelsvår. Hon hade just prickat för ett par tävlingar senare under hösten, när telefonens ringsignal berättade att någon ville prata med henne.

På sjunde signalen tog hon upp sin mobil och tittade på displayen. Hon kände inte igen numret. Kunde vara vad som helst och hon svarade därför med mjuk röst:

"Marlene."

Det dröjde en stund innan någon sa något i andra änden och hon var på väg att trycka bort samtalet när hon hörde en bekant röst.

"Det är Pia. Stör jag?"

Pia! Det var ett tag sedan hon hörde av sig. Marlene hade hälsat på henne. Två gånger på två år. Hon hade tänkt åka dit fler gånger. Det hade hon. Men bara hon närmade sig fängelset fick hon ont i magen. Hon borde verkligen ha åkt dit fler gånger. Hon hade haft Pias häst under tiden. Fast det var kanske mer ett win-win utbyte. Vad skulle Pia ha gjort annars? Sålt Soraya billigt? Gett bort henne? Lånat ut henne till någon som inte kunde rida och kanske fått henne förstörd?

"Inte alls. Hur är det med dig?"

"Kommer ut i övermorgon. Kan jag komma upp till stallet direkt?"

"Men har du någonstans att bo? Har du kvar ditt hus?"

Innan Pia hamnade i fängelse hade hon bott i en villa i närheten av kvarteret Ankaret i Tungelsta.

"Visst. Du vet min bror Kent har en kompis, Conny, som behövde någonstans att bo så han har hyrt huset. Han får flytta nu."

Kents kompis var antagligen en kåkfarare han också, precis som Pias bror Kent, tänkte Marlene.

Sen blev hon irriterad på sig själv för att hon var så fördomsfull.

"Vilken tur."

Om man nu kunde tala om tur med någon som suttit i fängelse i ett par år. Marlene kände sig dum.

Hon var med den där kvällen när det hände. Den ödesdigra kvällen i stallet. Marlene var med men Pia hade fått hela skulden. De hade vaktat stallet, sovit över där, för att kunna ertappa en idiot som skar hästar. De ville ta honom på bar gärning men när han väl dök upp blev de ganska överrumplade. Pia hade agerat. Slagit ner honom. Och så råkade han dö. Förresten – hade man inte förverkat rätten att leva när man förgrep sig på djur? Pia hade fått sitta i fängelse men det var inte bara hennes fel. Marlene borde ha hälsat på henne fler gånger. Det borde hon.

"I oturen alltså", la hon till.

Och kände sig ännu dummare. Pia svarade inte.

"Klart du kan komma upp till stallet. Ring innan bara. Vill du åka med mig?"

"Tack, det skulle underlätta. Min bil är fortfarande avställd."

Marlene avslutade samtalet. De två åren hade runnit iväg snabbt. Tanken på att Pia skulle komma ut och vilja ha tillbaka sin häst hade hon viftat bort. Men nu var det alltså dags. Med alla inplanerade tävlingar. Hon kunde inte bara kräva tillbaka sin häst. Eller kunde hon det? Kanske skulle Pia låta sig nöja med att rida någon gång i veckan. Det skulle inte göra någonting. Marlene skulle ändå kunna hålla Soraya mjuk och lydig och i form för tävling. Men var det schysst? Det kunde lika gärna ha varit du, påminde hennes dåliga samvete. Det var en tillfällighet att just Pia slog ner inkräktaren när de vaktade stallet. Du borde göra något för henne när hon fick ta hela smällen, tjatade samvetet.

Ishockeymatchen var tydligen slut för Ludde gick ut i köket och började rota i kylskåpet.

"Jag är sugen på nåt. Har vi ingen korv?"

"Korv? Nej, jag har i alla fall inte köpt hem någon."

"Ska jag gå ner till korvkiosken och handla något?"

"Vi åt mat för ett tag sen. Är du redan hungrig igen?"

"Som en varg. Är inte du det?"

"Nej, jag vill inte ha något. Men gå och handla något åt dig själv om du är hungrig. Eller kan du ta en macka."

"Jag går och handlar. Säkert att du inte vill ha nåt?"

Marlene skakade på huvudet. Ludde gick fram till henne och kramade om henne. Sen gick han.

Marlene log för sig själv. Ludde var rar. Hon hade träffat honom i samband med att Pia råkat döda den där hästskäraren. Ludde var polis och hade varit med och utrett brottet. De träffades några gånger och sen flyttade han in i hennes tvåa i Ankaret. Hon hade inte ångrat sig, hon trivdes bra i Luddes sällskap.

6 Anbud

Marlene ryckte till när telefonen ringde igen. Numret sa henne ingenting den här gången heller, men det var inte samma nummer. Någon annan alltså, kanske en nasare. Marlene ställde in sig på ett snabbt avslut av samtalet.

"Ja, det är Marlene", svarade hon så neutralt hon kunde.

I andra änden en okänd mansstämma.

"Mikael Netterström. Du äger stallet längst upp på Vädersjövägen."

Något fladdrade till i magtrakten. Hade det hänt något med hästarna?

"Ja?"

"Jag ska flytta till tomten bredvid, håller på och bygger en villa där."

Det hade de sett, att någon höll på att smälla upp en lyxvilla där. Kanske någon som ville ha stallplats. Magen lugnade ner sig.

"Jag och min kompis står som ägare, men vi har det ihop med våra vänner."

Marlene och hennes vänner Vanja och Andreas byggde stallet tillsammans för ett par år sedan och tog emot ett par inackorderingar som hjälpte till att försörja verksamheten. På så vis blev det ekonomiskt hållbart att ha både bil och egen häst. Hon klarade av att ha häst redan innan de skaffade stallet men det blev mer pengar över nu. Dessutom hade hon två hästar att försörja när hon tog hand om Soraya också. Det blev mer jobb också, såklart, men de hjälptes åt och det blev inte så betungande.

"Jag behöver ett stall och ditt ställe verkar perfekt. Min fru och mina döttrar håller på och rider. Jag tänkte höra vad du – eller ni då – vill ha för stallet?"

Marlene visste inte vad hon skulle svara. Han letade inte stallplats, han ville köpa hela stallet. Det kändes väldigt olustigt. Hur kunde någon bara få för sig att de kunde komma och köpa deras stall sådär. Som om pengar öppnar alla dörrar.

"Hallå! Är du kvar?"

Nu började han visst bli otålig. Hon måste säga något. Måste vinna tid. Måste få tid att tänka igenom vad det var han ville och hur hon skulle förhålla sig till det.

"Ja, som jag sa, det är inte bara mitt. Jag kan inte svara på det själv. Jag måste fråga de andra"

"Nej men hör med delägarna då. Jag betalar bra."

"Hur mycket vill du ge då?" hörde hon sig själv fråga.

Som om de verkligen skulle vara beredda att sälja.

"Åttahundra tusen är mitt bud."

Åtta hundratusen. Tokmycket pengar. De hade köpt ladan billigt och hjälpts åt att inreda den. Sammanlagt hade den kanske kostat dem tvåhundratusen. Och massor av arbete. Men det var deras stall. Och de var flera som ägde var sin del. Det var Marlene och Vanja och deras kompis Andreas. Sen var det Gabriella som hade sin häst inhyrd och Pia som skulle komma tillbaka nu. Beatrice hade också haft sin häst där, men hon hade sålt den och slutat rida, så henne kunde de strunta i. Anita och hennes man hade satsat mest av alla. Fast deras dotter, Estelle, hade åkt till Tyskland för att jobba så de var inte där nu. Men de måste ändå tillfrågas så klart.

Marlene hade ibland tänkt att det började ta emot att ha hästarna ute i skogen. Det fanns inget ridhus utan de fick rida tio minuter genom skogen för att komma till Tungelsta Ridklubb, något som blev mer kännbart nu när kvällarna snart blev mörkare och temperaturen sjönk. Marlene red i och för sig för det mesta på morgnarna, eftersom hon ofta jobbade på kvällen och var ledig på förmiddagen. Men om det regnade. Då hade man ingen lust att rida för att komma till ridhuset, även om det bara tog tio minuter. Det vore skönt med ett eget ridhus men även om de hade haft pengar till att bygga ett, var det inte självklart att de skulle få bygglov. Tanken på att sälja stallet och flytta hästarna till "civilisationen", närmare byn och ridskolan, kändes ändå lockande. Eftersom Marlene hade ett av sina två jobb på ridskolan vore det inte fel att ha hästarna där i närheten.

"Kollar du med de andra då? Så ringer jag om ett par dar igen."

"Men jag tror inte att vi vill sälja."

" Vi hörs." Och så la han på.

Underlig typ, tänkte hon, som bara ringer och frågar så där. Hon måste kolla med de andra. Det var ett gemensamt projekt. De ville nog inte sälja, även om det skulle innebära att de fick en massa pengar.

7 Frihet

Pia drog ett djupt andetag. Två dagar kvar. Som hon hade längtat! Men nu när friheten snart var en realitet var hon inte längre så säker. Hur skulle det bli därute? Skulle hon ha något jobb? Vad hade hänt med hennes häst? Hur hade det gått med hennes hus? Två år av hennes liv hade de tagit. Det var tacken för att hon hade undanröjt den där galne hästskäraren. Hur många liv hade inte han förstört innan hon tog hans? Underliga proportioner! Och det var faktiskt inte ens meningen att han skulle dö.

Det var ett gemensamt beslut att vakta stallet när det stod klart att en galning gjorde nattliga besök i stallen runt ikring och förgrep sig på hästarna. Att han verkligen dök upp när Pia hade vakten var otur. Att hon råkade slå ihjäl honom var klumpigt. Men det kändes ändå inte schysst att hon skulle få hela skulden när de hade bestämt tillsammans att de skulle turas om att vakta.

Två dagar. Sen hade hon avtjänat merparten av sitt straff och skulle bli utsläppt så att hon kunde fortsätta med sitt liv. Vad det nu innebar. Vad det nu var för liv.

Hon var lång och smal. Hade alltid ansträngt sig för att hålla vikten och hade inte alltid hållit sig på den friska sidan om självsvältstrecket. Här inne hade det varit enklare. När maten inte var god var det ingen konst att låta bli att äta. Hon hade vägt sig förra veckan. Då vägde hon femtionio och det var i minsta laget för någon som var nästan en och åttio. Men hellre det än tjock. Hon föraktade alla som inte hade någon kontroll över hur mycket de stoppade i sig. Hon tänkte på Gabriella, som hade varit en riktig fetknopp när hon kom till stallet men sen hade hon magrat av och börjat se helt normal ut. Tur det. Om man ska rida får man se till att inte väga för mycket. Det hade hennes gamla ridlärare sagt när hon red på ridskola som tonåring. Undrar förresten om den där Gabriella var arg på henne för att hon råkat ha ihjäl hennes pappa?

Hon hade duschat och stod framför spegeln i duschrummet som vanligt. Någon riktig spegel var det inte – det var antagligen farligt med riktigt glas. Det såg ut som en metallskiva som de hade nitat fast i väggen men den gick att spegla sig i. Hon kollade sin kropp, drog i skinnet på magen för att känna om det fanns fett. När ingen såg. Annars blev det bara en snabb blick i förbifarten. Hon var medveten om att hon inte var någon skönhet men gillade ändå att kolla på sin egen kropp. Hon var inte särskilt snygg eller söt med sitt långa ansikte och sina små ögon, men hon såg alltid till att hålla sig snygg i håret. Tvättat, kammat, klippt. Inte som de striphåriga tatuerade kvinnorna här. Hon var välvårdad. Och vältränad. Tränade regelbundet. Sov ordentligt, och det gjorde skillnad. Det där med skönhetssömn var ingen myt. Många kände inte ens till att man fick fräschare hy om man sov länge och regelbundet. Om hon jämförde sig med de andra intagna – fast varför skulle hon det? – såg hon fräsch ut. För att inte tala om hur rökarna såg ut i hennes ålder. Grådaskiga och hopskrynklade i ansiktet. Gott om dem här. Hon hade inget gemensamt med dem och det hade dröjt innan de hade accepterat henne. Det var inte mammas fina flickor som satt här direkt. Fast hon hade hört deras storys och det var inte svårt att förstå dem. Ta Sussie till exempel, som hade slagit ihjäl sin man. Tagit en hammare och knackat sönder huvudet på honom. Så får man inte göra. Men Sussie hade känt sig tvungen. Efter år av misshandel och vetskap om att han alltid skulle hitta henne om hon stack, hade hon egentligen bara två saker att välja mellan. Hans liv eller hennes. Hon valde att leva och då måste han dö. Gjorde det henne till en mördare? Det tyckte inte Pia. Det gjorde henne till en överlevare.

Alla dessa män. Som alltid ansåg sig ha rätt att ta för sig. Så hade hon inte sett det förut. Hon hade tänkt att den som blir våldtagen eller misshandlad fick skylla sig själv. Här inne bland de här kvinnorna hade hon ändrat sig. Män. Visst kunde de vara lockande och mysiga. Men när man hade hört berättelserna, när man visste vad de var kapabla till. Själv hade hon inte haft några längre förhållanden. Knappt några kortare heller. Nu var hon medelålders och marknaden var inte så stor. De män som det var något med var redan tingade för länge sen men hon struntade i det nu.

Hon gick tillbaka till sin cell och la sig i sängen och försökte sova.

Vad skulle hon göra när hon kom ut? Conny, som var kompis till hennes bror Kent hade hyrt hennes hus i Tungelsta. Betalat en liten hyra och förhoppningsvis sett efter huset. Hästen, Soraya, hade Marlene tagit hand om. Som tur var hade Pia fortfarande pengar undanstoppade. Hon brukade ta hand om pengarna åt Kenta, sin bror, när han hade fått tag på några. Polisen hade aldrig letat hos henne. Kenta fick aldrig tillbaka alla pengar, utan hon behöll en del. Det hade blivit en del cash under åren och det var en trygghet att veta att de var gömda hemma i hennes hus. Hon skulle klara sig ett tag. Sen vete sjuttsiken. Något jobb hade hon antagligen inte. Hon reste sig ur sängen och började gå fram och tillbaka i det lilla rummet. Cellen. Hela tiden härinne hade hon hållit sig för sig själv. På sin kant. Även om hon hade större förmåga att förstå sina medfångar nu när hon hade hört deras berättelser undvek hon dem helst. De där brudarna som satt här var inga hon ville ha som kompisar. Pia hade inget emot att vara ensam.

Hon undrade om hon skulle kunna få något jobb? Det gamla jobbet som kurator i Ribbyskolan var väl inte att tänka på. Förmodligen visste alla där vad som hade hänt också och hon torde inte vara välkommen tillbaka. Det fick bli någon annanstans. Kombinationen fängelse för dråp och kuratorstjänst var kanske inte en vinnare. Fick man överhuvudtaget jobba med ungdomar om man var dömd för dråp? Kanske skulle hon starta ett eget företag istället? Kanske en konsultfirma?

Nu måste hon försöka sova. Hon återvände till sin säng. Tankarna fortsatte att mala och det blev svårt att få ner andningen och hjärtrytmen till en nivå som tillät insomning. Det pirrade i hela kroppen när hon såg fram emot att få ta sig upp till stallet och hälsa på sin häst, Soraya. Och de andra i stallet. Först och främst Marlene som hjälpt henne att ta hand om hästen. Marlene som var med den där ödesdigra natten och vaktade stallet. Vad skulle Marlene säga när hon ville ha tillbaka sin häst? Hon hade förmodligen fortsatt att utbilda Soraya och det var inte helt säkert att hon ville lämna ifrån sig hästen utan att ha något för allt jobb hon lagt ner. Å andra sidan hade inte Marlene hört av sig och kanske visste hon inte att Pia skulle bli fri nu. Hon måste ringa till Marlene.

Och vad skulle Gabriella säga? Hennes häst fanns också i deras stall. Hon kanske inte ville träffa sin pappas mördare. För även om inte Pia ansåg sig vara en mördare kunde hon mycket väl tänka sig att Gabriella var av en annan uppfattning.

Alla dessa funderingar snurrade runt i huvudet och hindrade henne från att somna. Hon vände och vred sig i den smala sängen. Så kunde det inte fortsätta. Hon började djupandas som hon lärt sig för att slappna av och bara ett par minuter senare hade hon somnat.

8 Upptäckten

Den här höstmorgonen vaknade Lydia som vanligt innan väckarklockan ringde. Hon gillade att ligga och dra sig och fundera på morgnarna. Hon var ensam och skulle strax gå upp och gå till ridskolan för att ta hand om morgonfodring och utsläpp. Mockning och lunchfodring, hem och äta och vila och så tillbaka för att ha privat träning efter att Marlene haft ridskolans lektioner. Tre kvällar i veckan hade Marlene hand om lektionerna på. Morgonfodringarna hjälptes de åt med och turades om, men det var Lydia som drev ridskolan, som hade ansvaret.

Lydia var dressyrtränare och hade i många år haft träning på tider när det inte var lektioner med ridskolans hästar. De senaste två åren hade hon dessutom tagit över och drivit ridskolan. Verksamheten drevs av ridklubben och Lydia skötte lektioner, hästar och elever, den senaste tiden med hjälp av Marlene.

Marlene var den ena av två flickor som hon hade tagit hand om, Vanja var den andra. Båda hade en jobbig tonårstid och Lydia blev som en extra vuxen att ty sig till. Några egna barn fick hon aldrig. Ett tag stod hennes hem öppet för dem samtidigt som hon var deras ridlärare. Då hade hon jobbat lite extra på ridskolan och haft ridlektioner. Hon hade så småningom hjälpt dem att skaffa egna hästar och hade varit deras dressyrtränare.

I två år hade hon drivit ridskolan och hon hade verkligen gillat det även om det var svårt att leva på den lilla inkomst det gav. Det innebar en särskild tillfredsställelse att få gå i takt med djuren, ge dem mat, träna dem och lära ut ridning. Hästarna blev hennes arbetskamrater som alltid ställde upp; de jobbade tillsammans för brödfödan. Särskilt fett blev det inte men det var ett sätt att leva och alla värden gick inte att mäta i pengar.

Tankarna vandrade fritt. Lydia funderade över hur hon med tiden tröttnade på allt. Hennes liv hade inte varit tråkigt, tvärtom hade hon varit med om mer än de flesta. Hon hade bott på kanske tio olika platser och alltid skaffat nya vänner som hon hade trivts att umgås med. Roliga och intressanta människor men som med tiden ändå tråkade ut henne. Det inträffade när de sa samma replik för tionde gången eller gnällde om samma problem som de aldrig gjorde något åt.

När hon hade gått och färdats längs samma gator en tid, fick de henne så småningom att spy av leda, och så kände hon att det var dags att byta. Hon behövde byta ut dem hon umgicks med, hon behövde byta jobb, hon behövde byta bil, kläder, boende för att kunna känna att hon levde och inte bara trampade runt i samma hjul.

Som en guldhamster. Hon undrade ibland om det var henne det var fel på. Andra människor verkade kunna stå ut med att gå längs samma stig hela livet.

Hennes liv var omväxlande redan från början. Hennes pappa jobbade på ett företag med kontor i olika länder och han fick flytta mellan olika städer. Familjen hängde med. Hon såg på det som att hon hade lärt sig att anpassa sig. Hon fick alltid nya vänner utan någon större ansträngning, även om det ibland kändes ensamt att inte ha några riktiga vänner, några som funnits med sedan barndomen, men oftast tänkte hon inte på det.

Hon trivdes bra i Tungelsta. Det var lagom stort, hon gillade att jobba på ridskolan, hon gillade de människor hon träffade där och hon bodde bra i sin trea i Lillgården. Men så en dag var ledan där och det var kanske dags att flytta igen. Nytt boende, nytt jobb, nya vänner. Ändå tvekade hon. Hon hade inte många år kvar till pensionen och orken var inte som den varit tidigare. Kanske fick hon helt enkelt acceptera att det inte måste vara så spännande hela tiden.

Många människor fastnade i pengakarusellen och varken ville eller kunde ta sig ur den. De jobbade och vantrivdes och såg fram emot semestern som varade fem veckor och ofta blev en besvikelse eftersom förhoppningarna sällan uppfylldes helt. Sen gick de runt och vantrivdes resten av året och blev tvungna att lindra plågorna på något sätt. Med något som kostade pengar, någon form av missbruk, spelande eller festande eller något av alla de andra sätt det fanns att fly från verkligheten. Då och då funderade hon över denna verklighetsflykt som många ägnade sig åt. De vanligaste; sprit och droger, var vad de flesta tänkte på. Men hur många drogfria personer hade hon inte träffat som bytt ut sitt begär mot extrem religionsutövning? Hon kände till åtminstone en handfull Jehovas Vittnen som var nyktra alkoholister. På det sättet fyllde religionen såklart en viktig funktion även om den i sig också kunde betraktas som en verklighetsflykt. I alla fall när den utövades fanatiskt.

Livet med hästarna kunde självklart också betraktas som ett slags missbruk. Ville man hårdra detta med verklighetsflykt kunde man säga att även den som läste flydde verkligheten. För att inte tala om den som såg på film, eller spelade datorspel. Eller var fånge på sociala medier som så många nuförtiden.

Hon hade haft relationer med missbrukare. Per, som drack starköl varje kväll, var den minst problematiska. Krister fick sina droger utskrivna av läkare. Legitimt missbruk. Sömnmedel, lugnande, avtrubbande. Innebar inte heller några gigantiska problem. Micke, som rökte hasch, var i så fall värre. Inte till en början när han rökte då och då. Men så småningom när han gick runt som i en dimma med ett dumt flin och röda ögon och med en mental status som en tonåring fick hon nog. Hon tröttnade på män och deras problem och valde att leva själv för många år sen.

Sen träffade hon Hans och blev kär. Hon visste att det lät som en klyscha när hon sa att han var annorlunda men han verkade åtminstone inte ha samma missbruksproblematik som hennes tidigare män. Nu hade han gett henne ett generöst erbjudande, men hon var osäker och hade inte gett honom något ordentligt svar. Hon gillade honom verkligen. Han var snygg och uppmärksam och han såg henne. Och hon kände sig smickrad. Han hade dessutom gott om pengar och det gjorde allting enklare. Hans var alltid generös. Han bjöd ofta ut henne på restaurang. De åkte på resor, som han betalade. Det kunde vara allt från en weekend på spa till en veckas solsemester eller dyra utflykter till främmande länder. Han drev en restaurangkedja och han lagade lyxiga och delikata maträtter åt henne ibland.

Nu funderade han på att flytta till Skåne och då ville han att Lydia skulle följa med. Han lockade med att köpa en egen ridanläggning åt henne. En eller ett par fina hästar. Samtidigt trivdes hon med sitt liv som det var. Gillade att bo själv och träffas när det passade. Det gjorde inte saken lättare. Hon var inte beredd att avsluta deras förhållande men det kändes som ett gigantiskt steg att flytta med honom till Skåne. Tänk om det inte höll. Hon visste inte om hon skulle kunna försörja sig själv där. Om det skulle ta slut – skulle hon återvända till Tungelsta då? Hon gillade hans sällskap men ville ha tid för sig själv också. Tid att gå runt hemma och vara helt avslappnad utan krav på att lukta gott, vara trevlig eller påklädd eller sminkad. Var de inte för gamla för att anpassa sig och formas av varandra? Han var en inbiten ungkarl, Lydia hade levt själv i många år. Det tålde att tänka på. Hon behövde tid att fundera.

Det var dags att ta på träningsoverallen och gå och morgonfodra hästarna på ridskolan. Det var fortfarande blött på marken efter gårdagskvällens flitiga regnande, men luften var hög och klar och det var lätt att andas. Under den korta promenaden upp till ridskolan lät hon som alltid kroppen vakna till liv i den friska luften.

Ute hade det hunnit bli ljust och hon behövde inte tända lyset i stallet för att lägga in hö till de hungriga hästarna. De hälsade henne som vanligt med välkomnande gnäggningar. När hon var klar vred hon på strömbrytaren till lysrören i taket. Då såg hon att dörren till sadelkammaren var öppen. Den stod på glänt, men hon var säker på att hon hade låst den när hon gick i går kväll. När hon öppnade dörren och tittade in var hennes första tanke att "detta är inte sant". Efteråt skulle hon minnas att det luktade inpyrd cigarettrök och att det såg väldigt tomt ut.

Många gånger hade hon tänkt ordna med en riktig ytterdörr till sadelkammaren, en som gick att låsa. Hon visste att sadlar var stöldbegärliga och hon hörde då och då talas om ligor som åkte runt och stal sadlar. Det hade inte blivit av. Det var lätt att slå ifrån sig och tänka att "det ska jag ordna med så fort jag får tid över", vilket hon aldrig fick i stallet, eller det "händer inte här". Nu var det ett faktum. Dörren var en enkel trädörr, visserligen låst men lätt att bryta upp. En gammal Stübbensadel låg på golvet; troligen ratad för att den var för lite värd. I övrigt var sadelhängarna tomma. Hennes nästa tanke var "Hur ska det gå med lektionerna?" Sedan kände hon bara en stor trötthet. Hon måste göra något. Anmäla stölden till polisen först av allt, sedan lösa det akuta problemet. Kvällens ridlektioner. Hur skulle det gå till utan sadlar?

9 Sadlar

Marlene hade sovmorgon. Det innebar inte att hon låg och sov på morgonen utan att det var hennes tur att fodra och släppa ut i deras eget stall i Vädersjö. Hon hade ridlektionerna på kvällen – tre lektioner mellan fem och åtta. Lydia hade morgonpasset på ridskolan. De morgnar när Marlene hade morgonpasset på ridskolan jobbade hon på fritidsgården på kvällen och då hade Lydia ridlektionerna. Så hjälptes de åt och turades om och Marlene kunde alltid rida på dagtid men å andra sidan var hon aldrig ledig på kvällarna när andra människor var lediga.

Hennes egen häst. Miranda, som var dräktig, red hon bara på halvfart och varannan dag för att se till att hon inte tappade kondis till fölningen i vår. Däremot Soraya, Pias häst, tränades ordentligt och var ute och tävlade ibland på helgerna. Ibland tänkte hon att det vore skönt att ha hästarna på ridskolan, så att hon kunde ta hand om dem och rida när hon ändå var där. Andra gånger uppskattade hon att få vara ifred i deras eget stall och ville absolut inte byta bort det. Nu skulle de kanske göra sig av med stallet. Sälja till den där Netterström.

Marlene hade flätat sitt långa, mörka hår och satt på sig ridbyxor, jodhpurs och stalljacka och gett sig iväg upp mot Vädersjö i sin gråa Skoda. När hon var framme vid stallet ringde telefonen.

"Tråkiga nyheter! Vi har haft påhälsning i natt."

Marlenes första tanke var att någon av ridskolehästarna hade blivit utsatt för en sån där hästskärare igen. Men hon förstod att det var andra brottslingar som hade varit i farten när Lydia fortsatte:

"Alla sadlar är borta."

Så klart för djävligt men Marlene drog en lättnadens suck. Sadlar var döda ting, det gick att skaffa nya.

"Men de är väl försäkrade?"

"Ja, visserligen, men jag tycker att själva tanken är obehaglig, att det har varit skurkar här inne i stallet. Och du vet att även om de är försäkrade räcker det nog inte till nya sadlar och då måste jag leta rätt på begagnade, som ska provas ut och passa. Ett himla jobb. Och det är självrisk också. Och det tar tid. Hur ska vi göra med ridlektionerna under tiden?"

"De kan rida barbacka. Det blir något nytt och spännande. Säkert nyttigt för en del."

"Jag måste polisanmäla också."

Marlene anade en ton av uppgivenhet.

"Vill du att jag ska komma förbi?"

Så fick det bli. Marlene skyndade sig att ta ut hästarna, Förutom Soraya, Miranda och Ametist var det Andreas båda hästar, Asta och Cider och Gabriellas Monty.

Hon bar ut deras morgonhö i hagarna så att de fick äta sin frukost där och sen åkte hon tillbaka till Tungelsta och upp till ridskolan. Lydia satt på kontoret och tittade tomt framför sig. Hon hade inte ens tagit ut hästarna.

"Ska vi släppa ut? Vi hjälps åt."

När de var klara fick Lydia liv i sin blick igen och de hjälptes åt att göra en lista över de stulna sadlarna.

"Men det är en så obehaglig känsla, jag kan inte släppa den"

"Det löser sig", sa Marlene och la armen om Lydia. "Det är bara saker. Döda ting. Ingen är skadad."

Lydia blev tvungen att hålla med och så åkte Marlene för att ta hand om sina hästar och Lydia satte igång med mockningen.

När Marlene kom upp till Vädersjö igen började hon med att göra rent åt Soraya och Miranda, lägga in foder åt dem och packa de obligatoriska IKEA-påsarna med hö till lunch, kväll och nästa morgon. De flesta hade blå påsar från det stora möbelvaruhuset där de med stora bokstäver hade textat hästens namn, men Andreas hade köpt rosa påsar i en hästsportbutik istället. Rosa. Som en tolvårig hästtjej. Marlene skrattade för sig själv. Hon gillade Andreas, han var en av hennes bästa vänner. Hon kände honom väl och hade överseende med hans mer udda egenskaper, de som alla har. Samtidigt blev hon som argast när hennes nära vänner bar sig dumt åt. Det var för att hon brydde sig. De rosa påsarna var emellertid inget hon brydde sig om, det var värre med att han lät sig behandlas som skit av den där hovslagaren, Ola.

Ola och Andreas hade börjat umgås efter ridlägret förra sommaren men Ola var inte den som var mest engagerad i deras förhållande. Frågan var om han överhuvudtaget brydde sig om Andreas eller om han bara gillade att spegla sig i Andreas förälskelse. Hursomhelst ville han inte "binda sig" som han sa till Andreas. Andreas var en man av ordning och reda och Marlene kunde ana hur frustrerande det var för honom med någon som aldrig ville bestämma något utan bara dök upp när galoscherna passade honom. Hon blev arg bara hon tänkte på det.

Ola skodde hästarna på ridskolan och Marlene försökte hålla sig undan när han var där. Hon tålde inte se honom. Hon brukade inte hetsa upp sig i onödan men hon tålde inte folk som behandlade hennes vänner som skräp. Hon brukade boka in något tandläkarbesök eller frissan när han skulle komma, så fick han istället träffa Lydia, som var lyckligt ovetande om hur han behandlade Andreas.

När hon var klar med mockningen, la hon havre och mineraler i krubborna. Hon tog in Soraya när hon var klar, gjorde iordning henne, ryktade, sadlade, tränsade.

Sen red hon genom skogen upp till ridskolan för att träna dressyr i ridhuset.

Det luktade våta löv och över ängen bredde dimman ut sig. Skogsstigen var kantad av sly av asp och björk som fortfarande var blöt efter regnandet under kvällen innan och hon blev våt om benen men det var ingenting att bry sig om, det torkade. I skogen luktade det svamp. De röda flugsvamparna kände hon igen, men eftersom hon inte gillade svamp lade hon aldrig märke till kantareller på samma sätt som till exempel Andreas som kunde komma gående till stallet med hästen i ena handen och hjälmen fylld av knallgula svampar.

Den korta biten genom skogen blev en ren transportsträcka för henne när hon red till ridhuset för att träna. Mycket arbete kunde hon göra i skogen men hon måste träna på sina rörelser och de linjer hon skulle rida på programmet på tävlingen i helgen.

När hon hade ridit en stund kom Lydia ut i ridhuset. Marlene saktade av och sedan stannade hon framför Lydia.

"Hur är det? Känns det okej?"

"Jag tänkte höra om du vill hjälpa mig att försöka skaffa sadlar."

"Visst, inga problem. Jag kollar på nätet i eftermiddag."

Hon såg på Lydia att hon slappnade av. Det här verkade ha tagit henne hårt.

När Marlene kom tillbaka till stallet var Vanja där och höll på att göra rent hästens box.

"Är du sjuk?" sa Marlene.

Det var ingen konst att höra sarkasmen i hennes röst. Det var meningen. Ofta föreföll det Marlene som om Vanja kände efter för mycket om hon mådde bra. Marlene sjukskrev sig bara om hon inte kom ur sängen.

"Skulle till tandläkaren, så passade bara på att ta vägen förbi", sa Vanja och flinade.

Marlene sa inget men gav Vanja en blick som talade om att hon mycket väl visste att vägen till tandläkaren inte alls gick åt det här hållet.

Hon gillade Vanja, de hade varit kompisar länge, men hon gillade inte att hon ljög.

"Vi har haft tjuvar på ridskolan i natt som har tagit alla sadlarna."

"Nä, lägg av! Men shit, alltså. Jag såg på Facebook också att det var några som hade varit i farten. Det måste vara några ligor som håller på. Kan knappast vara nån som ska ha sadlar till sin egen häst."

"Jag tänkte på att vi måste låsa ordentligt om våra egna sadlar."

"Men det gör vi väl?"

"Jag har varit uppe på ridskolan och hjälpt Lydia göra en lista så vi kan polisanmäla. Måste börja leta efter sadlar också. Tänkte försöka låna ihop några. Har inte du en allroundsadel som du inte använder?"

"Jo, den hänger i sadelkammaren. Ta den, jag använder den inte. Men ungarna kan väl rida barbacka ett tag. De tycker säkert att det är mysigt."

"Jo, så tänkte jag också. Men det var en annan grej. Det var nån snubbe som ville köpa vårt stall som ringde mig igår kväll."

Hon berättade om samtalet med Netterström kvällen innan och hans önskan att köpa deras stall.

"Men vill vi sälja?"

"Nä, det tror jag inte. Vad var det för en snubbe?"

"Han som håller på och bygger den där lyxbarren här bredvid. Han ville betala åttahundra tusen."

"Åttahundra tusen?! Skojar du?"

"Jag hoppas verkligen att det var allvar."

"För så mycket pengar kan vi ändå fundera på saken?

"Jag behöver egentligen inte fundera så länge. Jag är rätt trött på att åka mellan ridskolan och Vädersjö."

"Men vart ska vi då göra av hästarna?"

"Jag skulle kunna ha hästarna vid ridskolan. Jag rider ändå på förmiddagen när ridhuset för det mesta är ledigt Det finns nog plats i något av stallarna bredvid. "

"Men det är inte bara dina hästar."

"Vi får fundera. Och kolla."

"Marlene. Förresten. Du hade rätt."

"Vad menar du?"

"Jag är med barn."

"Va? Är du säker?"

"Om gravtestet stämmer så, ja."

"Och hur känner du? Är det kul eller? Har du berättat för Rasmus?"

På ett sätt tyckte Marlene att det skulle vara roligt om Vanja fick barn. Samtidigt som det kändes som om Vanja skulle glida ifrån henne, in i en annan värld, dit hon inte visste om hon skulle få tillträde. Marlene och Vanja hade hängt ihop sedan de var tonåringar och hängde på ridskolan tillsammans, tog sin tillflykt dit. Vanja för att hon inte ville vara ensam hemma, Marlene för att hon drunknade bland alla sina syskon.

"Jag vet inte ens om jag ska behålla det. Det är inte rätt tillfälle."

"Du är trettio år Vanja. Om du vill ha barn är det väl inget att fundera över? Rätt tillfälle blir det kanske aldrig."

"Nä, det förstås. Du har rätt som vanligt."

"Kanske det."

"Nu måste jag åka och jobba."

"Ja, haha, innan din chef ringer till tandläkaren och frågar om han har kidnappat dig."

10 Anmälan

Lydia tog listan på alla de försvunna sadlarna som Marlene hjälpt henne att skriva, gick ner till Lillgården, där hennes bil stod parkerad och gav sig av till polisstationen i Västerhaninge. Det var tretton sadlar av skiftande märken och modeller. Några av dem var dyrare märkessadlar som inte var mycket slitna och därmed ganska värdefulla. Andra var enklare varianter och några bar tecken på flitigt användande och betingade därför inte något större värde.

På stationen träffade hon Ludde, Marlenes pojkvän sedan ett par år tillbaka. Han var en bit över trettio och såg helt okej ut, ganska snygg faktiskt, välbyggd och relativt vältränad. Det ingick antagligen i jobbet som polis att hålla sig i form så han kunde jaga brottslingar, antog hon. Hursomhelst tog han emot hennes anmälan och listan över sadlar.

"Du ska veta att det finns en betydande risk att de säljer dem utomlands."

"Då är det inte så stor chans att de ska komma tillrätta, då?"

"Vi hittar faktiskt en del stöldgods ibland men om jag vore som du skulle jag börja skaffa nya sadlar ganska omgående. Är det inte svårt att bedriva ridskola utan sadlar?"

Han hade så klart rätt i sitt antagande och hon visste att hon måste börja kolla på begagnade sadlar direkt. Det var ingen enkel uppgift även om det alltid fanns en uppsjö av sadlar på olika salusidor på nätet. Det fanns gott om modeller och till varje häst gällde det att få tag på en modell som passade.

Lydia suckade. Hur skulle hon orka? Att skaffa så många sadlar skulle bli ett drygt jobb, leta på nätet, åka och titta, låna hem och prova, kanske bli tvungen att lämna tillbaka.

Kanske vore det ingen dum idé att följa med Hans och strunta i allting?

11 Hemkomst

Pia tog sin rygga från hyllan ovanför sätet och gick av bussen på stationsplan. Det märktes att hösten var på väg. Luften kändes krispig och den fuktiga värmen från sommaren var borta. Hon drog in den friska luften och njöt av att kunna röra sig fritt och gå som hon ville men hon begav sig ändå direkt upp till sitt hus. Hon hade ringt Conny och sagt åt honom att hon skulle komma hem och att han fick flytta och hon hoppades att han hade hunnit ge sig iväg. Hon tog upp nyckeln ur fickan när gick in genom grinden. Det hade börjat skymma och hon såg att det lös i köksfönstret. Innan hon stack nyckeln i nyckelhålet kände hon på dörrhandtaget och blev inte särskilt förvånad att dörren var olåst.

"Hallå", ropade hon för att slippa överraska Conny om han var där.

Kanske hamna i en obehaglig situation av något slag. Hon visste inte vad han hade för sig när han trodde att han var ensam. Två mumlande mansstämmor mötte henne från köket, men hon kunde inte urskilja vad de sa så hon ropade igen:

"Hallå, är det någon där?"

Hon tog av sig skorna och jackan, ställde ryggan på golvet och gick ut i köket. Där, vid köksbordet, satt mycket riktigt Conny, som tydligen inte klarade av att lämna över huset till dess rättmätiga ägarinna. Mitt emot honom satt en bekant men inte uppskattad figur. De hade varsin ölburk framför sig och det luktade cigarettrök.

"Kent!", sa hon. "Vad gör du här? Är du på rymmen?"

"Nä, jag har muckat", svarade hennes bror. "Tänkte bara hälsa på. Tagga ner, är du inte glad att se mig?"

"Jaja, men ni kan väl gå ut och röka? Det blir omöjligt att vädra ut lukten. Vart ska du ta vägen nu då?"

"Tänkte slagga här hos dig om jag får."

Pia var inte överlycklig. Visst var det på sätt och vis trevligt att se sin bror, det var inte ofta de träffades. Han tillbringade det mesta av sin tid i fängelse. På sommaren kunde de ses någon gång, när han tog sig en bondpermis, var på rymmen. Men att ha honom som inneboende, nej, så långt ville hon absolut inte gå. Kanske skulle han börja undra om sina pengar också. Som hon hade tagit hand om och gömt undan och behövde ha att leva på nu tills hon kunde skaffa sig ett jobb.

"Hmm, ett par dar, men sen får du skaffa något eget. Men Conny, dig har jag sagt till."

"Ta det lugnt", svarade Conny. Jag ska gå. Ska du med ner på fiket ett tag, Kenta?"

Och så lullade de båda männen, killarna, iväg.

Det här med att kalla förvuxna tonåringar för män, det kändes fel, tänkte Pia.

Hon öppnade båda fönstren i köket för att vädra ut den kvalmiga lukten. Sen gick hon runt och tittade i sitt hus, kollade att allt var sig likt och sedan hämtade hon sin rygga från hallen, gick in i sovrummet och började packa upp sina pinaler; toalettsaker och kläder. Sen gick hon ner i källaren för att kolla så att de undanstoppade pengarna fanns kvar där hon gömt dem. Plastkassen låg kvar bakom tegelstenen nedanför trappan. Hon tog fram sedelbunten och räknade. Sjuttiosextusen. Alla pengar kvar. Ingen som hade hittat. Ingen som hade nallat. Hon slappnade av. En lång dusch, morgonrock och tofflor på och sedan sjunka ner i soffan framför tv:n. Hon började ta tillbaka sitt liv.

12 Krav

"Kan jag följa med dig till stallet i kväll?" Det var Pia förstås. Marlene hade lovat henne skjuts.

"Jag jobbar på ridskolan i kväll, jag ska åka och rida nu. Men om du kan nu så går det bra."

"Ja, jag har inget för mig. Ska bara röja undan efter Conny, Kentas kompis. Han glömde visst städa. Men det kan jag göra sen när jag kommer hem igen."

"Jag har bilen på parkeringen. Kommer du ut? Så åker vi om fem minuter."

Marlene såg henne komma och visst såg hon att det var Pia. Hon var sig lik men ändå inte, hon såg äldre ut. Ännu smalare. Rynkig, grå i ansiktet. Hon vinkade och Pia såg henne och kom emot henne.

"Hoppa in. Det är öppet."

Marlene brukade inte ha svårt att hitta på något att säga men nu kom hon inte på något. Pia sa inte heller mycket. Men till slut frågade hon hur det hade gått med Soraya.

"Det har gått jättebra, jag gillar henne verkligen. Vi har startat några dressyrklasser – bara Lätt A men vi är klara för medelsvår så det är min plan för hösten."

"Men nu är jag här. Tror du hon kan gå Lätt A med mig också?"

Det var detta Marlene hade fruktat. Så klart Pia ville ha tillbaka sin häst. Men allt jobb hon hade lagt ner. Skulle hon inte få något ut av det nu?

"Det kan hon kanske så småningom. Men det vore bra om jag kunde fortsätta rida henne tills jag har ridit de tävlingar jag har planerat."

"Men det är min häst. Du kan väl tävla ändå"

Hur ska man förklara för någon som inte förstår. Utan att såra? Fick skjuta på det.

"Vi får se."

"Så kan du inte säga. Jag har verkligen längtat efter att rida."

Svår situation. Marlene hade tagit hand om Soraya, stått för alla kostnader, utbildat henne, tränat henne. Nu ville hon tävla och få lön för mödan. Pia kunde inte bara ta tillbaka henne utan förvarning. Om Marlene skulle kunna rida behövde hon underhålla kommunikationen med hästen. Men Marlene förstod också att Pia ville rida. Och det dåliga samvetet skavde.

De var framme vid stallet. Utanför stallet luktade det från gödselhögen fränt av brinnande hästgödsel men Marlene tyckte att lukten var okej. Frän, visst, och det satte sig i kläder och hår. Folk som inte var vana reagerade. Men det var inte den ruttna stank som kom från hund- eller kattskit, från köttätares avföring. Inte ens som den äckliga lukten av koskit. Pia däremot, som inte var van, rynkade på näsan.

"Du kan göra i ordning henne och rida en stund så tar jag över sen? Så är hon uppvärmd när jag ska rida och så får du sitta på henne en stund."

Marlene kände sig nöjd med sitt storsinta erbjudande.

"Det är okej. Jag lär ändå få träningsvärk, haha. Vi får hitta på en lösning sen. Det borde gå?"

När Pia hade borstat och sadlat var Marlene klar med mockningen och hon kunde ha koll på Pias ridning. Pia var stel och ovan och hade fått nog efter tjugo minuter och så kunde Marlene ta över. Ingen större skada skedd. Några små påminnelser till hästen att lyssna på hennes hjälper så kändes det som vanligt att rida igen. Blev det inte värre än så här kunde hon leva med det. Bara det inte blev för ofta. De släppte ut Soraya i hagen, sopade och plockade undan i stallet och så blev det dags att sätta sig i bilen och åka tillbaka till byn.

"Du Marlene. Jag undrar …"

"Ja?" Marlene anade vad som skulle komma nu.

"Jag tänkte bara, har Gabriella sagt något? Jag menar om sin pappa och så?"

"Inte direkt. Hon säger inte mycket. Men du kommer nog att få problem."

"Problem? Vad menar du?"

"Ja, vad tror du? Även om Gabriellas pappa var en idiot så var han hennes pappa."

Pia satt tyst resten av vägen. När de var tillbaka i Tungelsta hoppade hon bara ur bilen   med ett:

"Tack för skjutsen", och drog igen bildörren.

13 Erbjudande

Hon skulle knappast få sparken. Vanja visste att hon gjorde ett bra jobb och fick ganska ofta uppskattning från både arbetskamraterna och chefen. Hon hade hand om varuupplockning och prismärkning, skötte lagret tillsammans med sina manliga arbetskamrater och såg till att varor fylldes på och plockades upp. Lastade av leverantörernas bilar med trucken och höll snyggt i och runt butiken. De hade mycket att göra på byggshopen, folk handlade som aldrig förr. Det verkade som om folk hade gott om pengar över till såväl små som stora reparationer och byggprojekt.

Hon knackade på dörren och klev in. Janne satt vid sitt skrivbord. Han var i femtioårsåldern, började bli både gråhårig och flintskallig. Han var inte direkt tjock, men magen hade svällt ut på senare år. Han log mot henne.
"Sätt dig, Vanja."
Han nickade mot stolen mitt emot.
"Du har jobbat här i många år nu, Vanja", började han. "Du har vuxit in i firman och du kan sortimentet. Dessutom är du pålitlig och oftast glad och trevlig mot kunderna och mot dina arbetskamrater."
Vanja väntade på ett "men" som när det var dags för lönesamtal: "Du är jätteduktig men vi har inte råd just nu". Det kom inte. Istället hörde hon:

"Som du vet har jag skött kontakten med leverantörerna själv sedan förra sommaren när…"

Han tittade ner i skrivbordet. Sen sa han med tjock röst.

"Ja sen Rigmor ..."

Rigmor var Jannes ena dotter. Var. Fram till förra sommaren.

Den andra hette Sofia och hon satt i fängelse sedan hon förra sommaren orsakat sin systers död och misshandlat en av de andra lägerdeltagarna, Sabina, när hon hotat med att avslöja Sofia. Systrarna hade båda jobbat på sin pappas firma och förra sommaren hade de varit på samma ridläger i Stockholms skärgård. Sent en kväll hade systrarna grälat och Sofia hade knuffat Rigmor så att hon fallit i poolen och slagit huvudet i poolkanten. Sofia hade inte gjort några försök att rädda henne utan hon hade fått ligga där tills de fann henne nästa dag och då hade hon drunknat efter att ha legat medvetslös i vattnet. Alltför väl mindes Vanja händelsen på ridlägret där hon hjälpte till. Vanja hade hjälpt till att lösa fallet. Det var hon som först förstått vem den skyldiga var. Det var egentligen inget hon var stolt över eftersom hon gillade Sofia.

På detta mardrömslika sätt hade hennes chef alltså blivit av med båda sina döttrar och medarbetare på en gång. Vanja hade känt sig kluven. Hade hon gjort fel som avslöjat Sofia? Janne hade övertygat henne om att han inte på något sätt klandrade henne för detta. Han var så klart bedrövad över det som hänt. Vanja kunde mycket väl tänka sig att det värsta som kunde hända en person var att förlora sitt barn. Än värre måste det vara om en av dem blev skyldig till den andras död. Även om det var en olyckshändelse.

"Rigmor skötte leverantörerna fram till förra sommaren", fortsatte Jan. "Höll kontakten, gjorde beställningar, förhandlade fram bra priser. Ja, du vet, allt som har med varuinköp att göra."

Det visste Vanja. Hon hade tänkt att det var bra att Jan fick ta hand om det. Att ha mycket att göra för att hålla tankarna borta.

"Hur som helst – det börjar bli för mycket för mig och jag skulle behöva avlastning. Min fråga till dig är alltså om du skulle vilja ta över. Självklart hjälps vi åt till en början så att du får en chans att komma in i jobbet."

"Fast jag trivs i butiken och på lagret", började Vanja men Jan avbröt henne.

"Det behöver inte vara en heltidsuppgift utan du kan vara kvar på golvet också om du vill men jag tror att du är rätt person för det här jobbet. Du kan vårt sortiment och du är snabb och effektiv. Självklart blir du avlastad och självklart kommer du att få en rejäl löneförhöjning. Du kan tänka på det."

Ja, det tålde att tänka på. En extra löneförhöjning skulle sitta fint. Hon hade ingen dålig lön men det var alltid pengabrist i slutet av månaden. Visserligen mest för att hon hade svårt att hushålla med sina pengar men det kostade att ha både hus och häst och bil. Med mer pengar skulle det bli bättre. Hon lovade att lämna besked samma vecka och lämnade hans kontor med en bubblande känsla inom sig. Hon måste berätta för någon. Måste rådgöra med någon. Marlene hade nog lektioner men kanske var Andreas i stallet.

14 Påhälsning

Regnet rasslade mot det kolsvarta fönstret i lägenheten i kvarteret Ankaret i Tungelsta. Sabina och Pärra bodde i en tvåa högst upp. När man kom in i lägenheten låg köket och sovrummet till vänster med fönster mot bäcken. Till höger låg vardagsrummet med fönster mot gården. Persiennerna var nerdragna. Sabina satt i den ena fåtöljen och läste veckans text i sin engelskabok. För en stund sen hade hon kommit hem från sitt jobb på pizzerian i Tungelsta och i morgon var det dags att åka upp till Komvux i Handen.

När hon tyckte att hon kunde texten la hon ihop boken och tittade på Pärra som hade somnat i soffan framför tv:n. Lika bra att låta honom sova. Han hade varit så kvällstrött sista tiden men det gjorde ingenting. En trött Pärra var en uthärdlig Pärra. Han gick till sitt jobb varje dag och det märktes att han ansträngde sig för att bli en bättre människa eller kanske bara för att göra Sabina nöjd. Han hade skaffat ett jobb på macken där han hjälpte till med lite av varje. Han hade sagt upp bekantskapen med sina gamla kriminella kompisar. Bärra träffade han nästan aldrig och han begick troligen inga brott längre. Inte så att Sabina märkte det i alla fall. Han hade slutat med droger och nöjde sig med ett par öl under helgen. Sabina hade varit mycket tydlig på den punkten. Hon hade fått nog av den gamla Pärra. Han fick sig en rejäl tankeställare förra sommaren när hon blev nerslagen och sånär miste livet. Han drabbades av insikten att han inte ville vara utan Sabina och satt vid hennes sjukbädd tills hon hade återhämtat sig och där och då hade han lovat att om hon bara blev bra och stannade hos honom skulle han ändra sig.

Det hade hänt något med Sabina också efter att hon hade fått den där smällen i huvudet. Hon hade börjat köpa kläder i olika färger och hon hade skänkt sina svarta kläder till välgörande ändamål. Piercingen var borttagen och hon hade låtit håret växa och återfå sin naturliga färg som hon trodde kallades mörkblond. Borta var de sotade ögonen och hon nöjde sig med mascara om hon överhuvudtaget målade sig. När hon hade kommit hem från sjukhuset hade hon gått runt i Tungelsta och Västerhaninge och frågat efter jobb och fortsatt tills hon blev lovad ett fast arbete. Nu jobbade hon på pizzerian i Tungelsta. Hon hade börjat med att plocka disk och diska. Hon hade hängt i köket så fort hon hade en stund över och lärt sig fixa pizzor och annan mat som de sålde, mest pommes med något slags kött till. Nu hade hon jobbat där i över ett år och hon kände sig stolt över att lära sig nya saker hela tiden. Så stolt att hon den här hösten hade anmält sig till Komvux för att läsa upp sina icke befintliga gymnasiebetyg. Planen var att utbilda sig till syrra, något hon bestämde sig för när hon låg inlagd på sjukhuset och blev ompysslad av sköterskorna förra sommaren. Hon blev djupt imponerad av deras vänliga och samtidigt professionella omhändertagande och då visste hon att sån ville hon bli.

Två dagar i veckan åkte hon upp till Fredrika Bremerskolan i Handen och hade sina lektioner i matte och engelska. De andra dagarna pluggade hon och gjorde sina läxor. Tisdagskvällar red hon på ridskolan, de andra kvällarna och varannan helg jobbade hon på pizzerian tillsammans med Ali. Ofta var det bara de två och det gick bra. Ali fixade pizzorna, Sabina fixade öl och tog betalt. Disken hjälptes de åt med. Det var inte mycket disk, de sålde mest hämtpizza. Ali var smart och snäll. Hon såg alltid fram emot att gå till jobbet. Ibland, när inte Sabina jobbade, hade han hjälp av en ung tjej som hette Mathilda.

Pärra såg hon inte så ofta. Han var på jobbet när hon var hemma och när han var hemma var hon borta. Det brukade bli en liten stund sent på kvällen innan det var dags att sova och det räckte. När hon kom hem låg han ofta på soffan och sov. Hon brukade inte väcka honom innan hon gick och la sig. Ibland låg han kvar på soffan när hon gick upp på morgonen, ibland kom han insmygande mitt i natten. Då låtsades hon sova. Nu ångrade hon att hon hade lovat honom att han fick vara kvar om han skötte sig. Så fort hon var frisk igen hade hon ställt sitt ultimatum till Pärra. Villkoret för att hon skulle fortsätta att vara tillsammans med honom var att han skulle sluta med allt skit, typ droger och kriminella aktiviteter, skaffa ett jobb och säga upp bekantskapen med sin gamla tjuvkompis Bärra. Det verkade som om han hade klarat detta. Däremot var det tveksamt om kompisen, Bärra, verkligen hade fattat att han var spolad.

Men nu tvivlade Sabina på huruvida hon ville ha kvar Pärra. Hon försökte minnas vad hon såg hos honom från början men hon kunde inte komma på något. Det var väl mest att han ville ha henne. Det var smickrande. Någon som visade intresse för henne. Hela sin uppväxt hade hon varit övertygad om att hon aldrig skulle hitta någon kille. Hon var varken söt eller smart eller rolig som de tjejerna som fick många killar. Men Pärra verkade tycka att hon var fantastisk och när hon väl förstod att han inte drev med henne utan faktiskt menade allvar, kunde hon inte värja sig. Vem vill inte ha en kille som verkligen gillar en?

De sågs inte så ofta men eftersom hon hade ställt sitt ultimatum och han hade gjort som hon ville kände hon sig tvungen att behålla honom. Ett tag åtminstone. Om hon skulle vara ärlig – och det ville hon helst – hade hon inte förväntat sig att han skulle ändra sig och nu blev det jobbigt när hon måste stå fast vid sitt ord.

Hon hörde dörrklockan. Den ringde inte en gång som när normala människor kom på besök. Det var inte heller en glad "Tjingelingsignal" som när det var en kompis. Nej, den liksom bara tjatade, gjorde en paus och sedan tjatade den igen. Pärra sov fortfarande på soffan och Sabina fick lust att smyga fram till dörren och kasta upp den i ansiktet på den jobbiga jävel som stod där. Hon kunde gissa vem det var. Hon besinnade sig och öppnade dörren försiktigt och kikade ut i trapphuset. Bärra litade tydligen inte på henne för han satte genast en fot mellan dörren och dörrkarmen.

Han luktade. Rök, smuts, alkohol i en salig blandning och han såg ut ungefär som han luktade; skitig, ovårdad, flackande blick, stripigt hår, bakochframvänd keps, för stora jeans och en dyngsur jeansjacka med en hoodie under.

Tveksamt släppte hon in honom. Pärra vaknade och satte sig upp, rufsig i håret och mosig i ansiktet. Bärra hade något viktigt att säga. "Mellan två ögon", sa han och tittade menande på Sabina. Hon låtsades vara ointresserad och gick ut i köket men det var ingen konst att höra vad han sa. Han var ivrig och glömde snart bort att prata lågmält. Han hade en plan, sa han. Han ville ha med sig Pärra och råna pizzerian. Med raska steg gick hon tillbaka in i vardagsrummet.

"Över min döda kropp" sa hon.

I vanliga fall var hon blyg. Men inte när den där dumskallen kom och ville sabba. Hon visste inte varifrån hon hade fått uttrycket. Kanske från mormor. Ibland tyckte hon att mormor tittade ner på henne från sin himmel och uppmuntrade henne och gav henne kraft som hon alltid hade gjort. Stöttat när det blev för jobbigt hemma, när mamma söp för mycket, när pappa kom på besök och var på dåligt humör.

"Mellan fyra ögon heter det, förresten", sa hon sen med en ilsken blick på Bärra.

Men det var till ingen nytta. Bärras blick var tom. Pärra var fortfarande yrvaken och tittade vintyrigt på sin gamla vapendragare samtidigt som han skakade sakta på huvudet.

"Lägg av med den där skiten Bärra. Det blir bara skit till slut. Gör som jag, skaffa dig ett jobb istället."

Sabina växte när hon hörde det. Hon kände sig nästan stolt. Det var inte fy skam att kunna påverka någon att bli en bättre människa.

"För faan Pärra. Helvete vad tråkig du har blivit. Djävla Svensson. Ska du inte skaffa hund och ungar och radhus också? Djävla svikare, asså."

Bärra var helt klart besviken. Men han måste fatta att det inte var någon idé.

"Kom in och ta en fika", sa Pärra som en försoningsgest. Han fick en ilsken blick av Sabina. Men hon hade inte behövt oroa sig. Bärra vände i dörren och gick.

"Pff, fika", sa han för sig själv. "Jag går ner på fiket och tar en bira."

Lycka till, tänkte Sabina. Fiket stängde för en timme sen.

15 Anettes insikt

Illamåendet väckte Anette som vanligt och hon undrade om hon måste gå upp och kräkas. Inte just nu i alla fall.

Man mår som man har bäddat, tänkte hon.

Allt oftare på senare tid hände det att hon vaknade upp utan att vara säker på hur hon kommit hem kvällen innan eller om hon var ensam i sin säng. Hon lyssnade efter ljud som kunde ge henne en ledtråd men när hon höll andan hörde hon bara det fräsande ljudet utifrån av bilarnas däck mot den regnvåta asfalten. Hon vred huvudet mot platsen bredvid sig i sängen och där var tomt. Hon drog en lättnadens suck. Allt blev så komplicerat när man skulle försöka bli av med en sängkamrat på morgonen. Han kunde lätt få för sig att det skulle bli frukost eller att de skulle ses igen. Hon tog en cigarett från paketet som låg på nattygsbordet och tände den. Hon drog in röken och blåste ut den igen och hon slappnade av.

Sedan Glenn lämnade henne förra sommaren hade hon lagt om stil. På hennes rödgråtna fråga varför hon inte dög åt Glenn längre när han gjorde slut svarade han att han var trött på hennes självupptagna ätande och svällande kroppsformat. Det fick effekt. Hon gick ner nästan fyrtio kilo. Även om Anette var en mästare i självförnekelse var hon inte dummare än att hon visste att fettet kom från hennes överkonsumtion av godis.

Hon slutade tvärt. Grät sig igenom en vecka och hoppades att Glenn skulle komma tillbaka men så bestämde hon sig för att det var meningslöst att gråta över tappat smör och bytte godis och skvallertidningar mot alkohol, cigaretter och klackarna i taket. Nu var hon ute minst tre kvällar i veckan, drack vin och dansade. På samma sätt som hon bytte ut godiset mot cigaretter, bytte hon ut sin patetiska, hängivna tillbedjan till Glenn mot ett känslolöst förbrukande av olika män.

En gång i tiden hade hon känt sig försmådd om hon träffade en kille som inte hörde av sig efteråt, nu var det mer som om hon fick dåligt samvete för att hon aldrig ville träffa sina ragg igen. Det var bara så tråkigt att gå hem ensam så hon tog ofta med sig någon som verkade intresserad och det förefall som om hennes fullständiga nonchalans och ointresse gjorde dem ännu mer intresserade. Jobbigt.

Hon hade en kartong vitt i kylen och bestämde sig för att ta ett glas till frukost för att få bort huvudvärken och illamåendet. Till detta en Treo för säkerhets skull.

"Ett glas skjuter ingen hare", sa hon till sin spegelbild i hallen när hon gick förbi där.

Hon stannade till och beskådade sitt ansikte. Det var själva den vad hon såg plufsig ut.

Svårmodet träffade henne som en iskall avrivning. För det mesta gick det att dämpa ångesten med mer vin. I värsta fall hade hon några kartor Tramadol i byrålådan att spä på med. Men så emellanåt kunde hon inte hålla tillbaka tungsinnet och det var då hon började fundera. Skulle hon göra något drastiskt åt sin livssituation? Hon var en bra bit över trettio. Hennes livs kärlek, Glenn, hade lämnat henne. Hon hade inga vänner, inget jobb, hennes föräldrar började bli gamla och orkeslösa och hon hade insett att det ultimata målet var döden. Den stora frågan verkade vara hur vägen dit skulle se ut.

Av någon anledning handlade de få ljusa tankarna ofta om hästar och ridning. Om hon skulle börja rida igen? Skulle hon våga? När hon blundade kunde hon återkalla känslan av att sitta på det stora djuret och bli en del av dess rörelser. Det var en varm känsla. I stallet fanns dessutom alltid sällskap. Där spelade ålder och yrke eller utbildning ingen roll. Hon skulle inte gå så långt som till att kalla dem vänner, men där fanns alltid någon att prata med. Inte som på krogen, meningslöst pladder, hjärtlöst flirtande och gränslöst alkoholintag utan bara mysigt hästsnack. Kanske skulle hon gå upp till ridskolan redan idag och höra om hon kunde börja?

"Skam den som ser sig själv i spegeln, sa hon till sin spegelbild och lyfte ner spegeln, vände på den och ställde ner den på golvet.

"Så slipper jag se mig."

16 Barbackalektion

På pendeltåget från Stockholm mot Västerhaninge satt Carola och Susanna. De var på väg till sin ridlektion på Tungelsta Ridskola. Hjälm och ridstövlar hade de nedpackat i varsin väska och de var båda klädda i ridbyxor och quiltad jacka med dragkedja. Det var en bit att åka från Stockholm men de hade SL-kort så det kostade ingenting extra.

De lärde känna varandra sommaren innan på ridlägret ute på Ornö. Eftersom de båda bodde i innerstan och ville rida på ridskolan i Tungelsta hade de kommit överens om att göra det tillsammans. På lägret märkte de att de gillade Lydias ridlektioner och även om de var ganska olika varandra kom de numera bra överens. Susanne jobbade som mäklare och var mån om sitt utseende medan Carola – som hade rika föräldrar och egentligen inte behövde jobba – försökte dölja sitt påbrå och den skönhet hon besatt genom att klä sig i arbetarkläder och gummistövlar. Hon använde inget smink och borstade knappt sitt hår. Det var som om hon skämdes för att hon kom från en "fin" familj som höll henne med ekonomiskt underhåll.

Jobbade gjorde hon ändå. Fast hon egentligen inte behövde. Hon hade en deltidsanställning som assistent på en smådjursklinik inne i stan. Det fick henne att känna det som om hon gjorde något slags nytta där och det var bra för välbefinnandet. Dessutom gillade hon djur och älskade sitt jobb. Och framför allt behövde hon inte ständigt hamna i förklaringar om var hon fick sina pengar ifrån. Folk som inte hade pengar trodde ofta att man blev så himla lycklig av att vara rik. Men Carola var inte lyckligare än någon annan. Tvärtom. Om man inte behövde jobba och spara pengar blev allt mycket tråkigare. Inget att kämpa för. Inget att längta till. Och inte känna sig behövd. Allt blev ett grått töcken. Men det här med ridningen på ridskolan gjorde henne glad. Och så kände hon sig så nöjd efteråt.

När två människor som är väldigt olika börjar umgås händer det ibland att de påverkar varandra och putsar av sina olika ytterligheter. Susanna köpte inte längre de allra dyraste märkena och sminkade sig inte längre när hon skulle till stallet medan Carola hade börjat bry sig om sitt utseende. Till ridlägret hade hon kommit i en gammal säckig träningsoverall men nu hade hon snofsat upp sig och tagit efter Susannas tjusigare stil. Hon klädde sig i normala ridkläder när hon skulle till ridskolan. Håret hade hon satt upp i en hästsvans. Susanna och Carola hade köpt likadana ridkläder. De pratade och hade trevligt i varandras sällskap och den dryga halvtimmens resa gick snabbt.

"Hoppas jag får Atlas idag", sa Carola.

Atlas var en halvblodsvalack, 15 år och 164 cm över manken. Han var hennes senaste favorit på ridskolan.

"Jag vill inte rida någon annan än Akrobat", sa Susanna. "Han är så känslig och lydig. Jag skulle vilja tävla med honom sen."

Tåget gjorde ett uppehåll i Västerhaninge innan det fortsatte mot Tungelsta. Många tåg hade Västerhaninge som slutdestination men det här gick ända till Nynäshamn. De båda flickorna gick av i Tungelsta och promenerade sedan den lilla biten upp till ridskolan. Solen hade gått ner och det började skymma. När solen var borta blev det kallt och fuktigt, men de blev varma av promenaden. När de kom in i stallet var redan flera av de andra som red på deras lektion där.

"Har ni hört vad som har hänt?" sa Hanna, en tjej i deras egen ålder som också var med på deras ridläger förra sommaren.

Hanna var egentligen en mer erfaren ryttare men hon sa att hon gillade att rida med sina vänner. Hon bodde i Västerhaninge och tog bussen till Tungelsta tillsammans med några av de andra i ridgruppen. Bussen gick ända till Lillgården så det blev närmare att gå än om de skulle ha tagit tåget.

"Vadå hänt?" undrade Sabina som precis kom in genom dörren.

Marlene kom ut från kontoret med en lapp med hästfördelningen.

"Sadlarna blev stulna i går natt. Ni blir tvungna att rida barbacka tills vi har hunnit skaffa nya."

"Barbacka – vad mysigt, det har jag aldrig gjort", sa Sabina.

"Ja, det kan gott ingå i er ridutbildning", sa Marlene. "Bra för balansen."

Så tog hon fram sin lapp och började räkna upp vem som skulle rida vilken häst.

"Hanna – du tar Nadja, Carola får ta Cactus, Britt – Rumba, Sabina – Picasso, Lasse – Dante, Rickard – du får ta Malo och Susanna Akrobat. Johan – du får ta Atlas."

Carolas mungipor åkte ner. Hon tecknade och mimade åt Johan om de kunde byta men Marlene såg det.

"Nej, ni byter inte. Jag har en tanke med hur jag fördelar hästarna. Det ska passa för alla. Vi ska få en ny deltagare i dag också. Om hon kommer. Det är en gammal bekant för er som var med på ridlägret förra sommaren."

Strax öppnades stalldörren och in kom Anette.

Hanna, Carola och Susanna kunde inte låta bli att stirra. Det var Anette, men ändå inte. Hon såg helt annorlunda ut, mycket smalare och dessutom kraftigt sminkad. Kinderna såg insjunkna ut och trots sminket var ansiktsfärgen grådaskig och hon såg ut att vara tio år äldre än förra sommaren.

"Välkommen", sa Marlene. "Du får ta Brutus."

Hon pekade på en grov häst som stod i en box en bit därifrån. "Men det blir barbackaridning. Sadlarna har blivit stulna."

Om någon förväntade sig att Anette skulle börja tjafsa som hon gjorde på lägret så bedrog denne någon sig. Med Anettes förändrade stil hade även hennes mesiga attityd förändrats.

Nu skulle hästarna borstas, tränsas och ledas ut till ridhuset. Marlene hjälpte till att kasta upp deltagarna på hästryggen. Hanna och de tre männen envisades dock med att ta sig upp själva, vilket lyckades med hjälp av uppsittarpallen och en stunds kravlande och klängande.

"Det är härligt", sa Sabina. "Så varmt och mjukt."

Hanna gav Sabina en medlidande blick.

"Vänta tills vi ska trava. Blir så lagom mjukt."

Mycket riktigt var det vingligt och halt på hästryggen och svårt att hålla balansen i trav. Ryttarna gled hit och dit och blev tvungna att sakta av och sätta sig till rätta igen då och då. Lättast var det att sitta på de grövre hästarna, Dante och Brutus, där ryggraden inte stack upp utan var nerbäddad mellan ryggmuskler och fett. Det blev inte så mycket travande och bara några korta galopper men det gjorde inget för det var härligt att sitta direkt på hästens rygg och känna varje rörelse. Anette kämpade på men såg glad ut.

Efter lektionen var det dags för fika i klubbstugan. Den var spartanskt möblerad med ett enkelt träbord och några pinnstolar i olika färger. På bordet låg en gammal vaxduk och de två fönstren som vette ut mot ridhuset pryddes av något slags tyllgardiner. Det var Lasses tur att ha med sig och han dukade upp en termos kaffe, en liten glasburk med mjölk, en plastpåse med några sockerbitar och en sked, några plastmuggar och en påse såna där fabriksbakade muffins som aldrig möglar. Sen vände han sig till Anette.

"Har du ridit på ridskola förut?"

"Det var länge sen. Men det känns härligt att börja igen. Man saknar inte hästen förrän man sitter på ryggen."

"Hembakat, va gott", sa Susanna.

"Inget te som vanligt", sa Carola och tittade frågande på Lasse.

Lasse hade så klart glömt.

"Men Carola, är det inte dags att börja dricka kaffe nu?" Susanna blinkade med ena ögat åt henne.

Förra sommaren, på lägret, hade hon blivit irriterad på Carola för att hon skulle göra sig märkvärdig och inte kunna äta och dricka som alla andra. Antingen var det någon allergi och det fick man respektera, eller så var det något som inte var "nyttigt", som till exempel kaffe. Nu gillade hon att slå an en mer skämtsam ton. Carola var inte riktigt lika road. Men hällde ändå upp en minimal kopp med massor av mjölk så att det snarare blev mjölk med kaffe.

"Livet blir roligare om man syndar lite", sa Susanna.

Anette tittade på henne och undrade om Susanna fått reda på hur hon levt sitt liv sista tiden, men det verkade inte som om Susanna syftade på henne. För säkerhets skull sa hon ändå:

"Den som syndar sover inte."

De som kände Anette sedan innan tittade på varandra och log igenkännande, men Lasse sa:

"Är det inte tvärtom? Den som sover syndar inte?"

"Ja, ja, whatever", svarade Anette.

Ingen visste om hon förvred ordspråken med flit eller om hon helt enkelt inte förstod vad hon sa. De som kände henne hade vant sig.

"Jag går med er och tar tåget upp till VH", sa Hanna. "Ska inte ni samma väg?"

Hon tittade på Sabina, Lasse och Richard. Susanna och Carola tittade på varandra.

"Vi hänger på", sa Susanna. "Vi ska också ta tåget."

Förutom Johan, som åkte bil, gick de andra i samlad klunga mot tågstationen. Anette bodde i Lillgården men sade sig vilja slå följe en bit. De övriga bodde i kvarteret Ankaret och passerade tågstationen på sin hemväg.

En suv körde förbi och lämnade efter sig en lukt av klor som dieselbilarna gjorde. Annars var det inte mycket trafik. Ett par mindre elbilar, som knappt hördes alls, en cyklist med dåligt lyse och en skåpbil. När de närmade sig stationsplanen kom det en doft från fritösen i korvkiosken som triggade igång hungern hos dem och de gjorde sällskap in till grillen och köpte varsin hamburgare och pommes.

17 Lydias beslut

Lydia drog ett djupt andetag och undslapp sig en suck. Att skaffa tretton sadlar var inget man gjorde på en kafferast. Och när skulle hon få ut försäkringspengarna så hon kunde betala för dem? Att jobba på ridskolan blev hon inte rik på och hon hade inga pengar undanstoppade. Nu hade Marlene fått problemet i knäet och Lydias samvete hade börjat störa hennes sinnesro.

Hon stoppade ner en sked i grytan hon hade på spisen, tog upp och blåste och smakade. Gott! Det var kött, lök och grönsaker, mest paprika och tomat och kryddor. Det fick duga. Dukat hade hon gjort. En vit linneduk, två tallrikar av festporslinet – vitt med guldkant – som hon hade ärvt efter moster Edit - stod på bordet. Silverbesticken och blå servetter. Vinglas och vattenglas. En flaska vin stod öppnad på bordet, ett bordeauxvin som Hans hade haft med sig en annan gång, en kanna kallt vatten. Nu behövdes bara ett underlägg och så fram med grytan. Hon tittade på klockan. Han borde vara här nu.

    Det plingade till på dörrklockan och så kom han in.

Jag har bestämt mig, tänkte Lydia. Jag tycker väldigt mycket om Hans och jag tror att jag har fått nog av Tungelsta Ridskola.

"Det doftar underbart. Vad får vi?"

Han gick fram och lyfte på locket.

"Åh, Lydias specialgryta."

Hon tyckte om honom för att han gjorde sig till. Hans var en utmärkt kock och han lagade den ena delikatessen efter den andra åt henne och bjöd henne på mat flera gånger i veckan. Varje gång hon bjöd honom på mat fick han Lydias "specialgryta", vilket var det enda hon kunde laga förutom makaroner och korv eller omelett.

"Berätta nu om de försvunna sadlarna."

"Det finns inte så mycket mer att berätta. Jag vet inget mer än att någon har stulit våra sadlar och jag vet inte hur jag ska orka skaffa nya."

Hans var hjälpsam som vanligt och erbjöd sig direkt att finansiera inköpen. Lydia kunde betala tillbaka när hon fått ut försäkringspengarna. Snällt men inte helt bekvämt. Hon gillade inte att stå i skuld.

"Men jag kan nog inte hjälpa till att prova ut dem."

"Haha, nej, det behöver du inte heller så klart. Men jag tror inte att jag orkar ändå. Jag har slitit med den här ridskolan i flera år. Jag har fått nog. Jag vill inte längre."

"Vad menar du med det?"

"Att jag följer med dig till Skåne. Om erbjudandet fortfarande finns kvar. Så kan jag kanske skaffa mig en egen häst att ägna mig åt så småningom. Börja rida ordentligt igen."

"Du vet att det skulle göra mig lycklig."

"Jag ska fråga Marlene om hon vill ta över och driva ridskolan. Jag tror hon kommer att svara ja. Men jag kan inte bara släppa den och det känns inte riktigt schysst att lämpa över allt på henne."

Ridskolan drevs av klubben, Tungelsta ridklubb. Det innebar att ridklubbens styrelse hade det ekonomiska ansvaret. Kassören, Helena, betalade räkningar och registrerade ridskoleelevernas avgifter för lektionerna men Lydia skötte lektionsverksamheten. Det innebar bokning av ridlektioner, sammansättning av ridgrupper samt överlämning av underlag till kassören så att hon kunde debitera ut avgifter till rideleverna. Klubben hade några inlånade hästar och Lydia hade hjälpt till att låna ihop hästar. Lydia kände många hästägare och visste att en del av dem kunde tänka sig att låna ut sin häst vissa perioder.

Det kunde handla om avelsston som gick gall, alltså inte blev dräktiga men även om hästar hon lånade av privatelever som var tvungna att göra uppehåll i ridningen en längre period. Det kunde till exempel vara någon som skulle åka utomlands och jobba eller någon som blev gravid och inte kunde rida på ett tag. Det fanns många hästägare som visste att hästarna skulle bli väl omhändertagna på ridskolan, där det fanns kunnig personal. Det gällde dock inte alla, utan vissa hästägare trodde att hästen skulle fara illa av att vara där.

Lydia fick en liten lön för sitt arbete men eftersom hon inte jobbade heltid blev det inte så mycket pengar och hon drygade ut sina inkomster med privatträningar, bland annat med Andreas, Vanja och Marlene.

"Jag blir i alla fall glad, det vet du."

Hans uppskattning värmde men hon visste att hennes motiv var egoistiska. Hon hade tröttnat. Det var dags för en förändring.

18 Ridskolan

Marlene hällde vatten i vattenkokaren, la en tepåse i sin stora tekopp och när vattnet kokade slog hon det över tepåsen, tog en tesked honung från honungsburken som hon hade i skafferiet och rörde runt tills honungen var upplöst. Hon tog upp tepåsen och slängde den i soporna. Sen bredde hon ett par knäckebrödsmackor med Bregott, la på ost och paprika och det fick bli hennes lunch. När hon ätit klart gav hon sig av till ridskolan och kvällspasset i stallet med ridlektioner.

När hon kom till ridskolan gick hon ut med lunchhö till hästarna i hagen och satte sig sen framför datorn på kontoret. Först kollade hon kvällens ridlektioner, kollade om några hade sjukanmält sig och undrade om alla kvällens ryttare skulle ställa upp på att rida barbacka. Gårdagens lektioner gick utan problem, det var mest yngre ryttare och de tyckte att det var spännande att rida barbacka. I kväll kunde det däremot bli problem. Ryttarna i den sista gruppen hade ridit länge och ställde större krav på sin ridlektion, de ville kunna göra mer avancerade övningar, något som kanske blev svårt för en del av dem utan sadel. Men de fick helt enkelt stå ut. Vad skulle hon göra?

Lydia hade bett henne hjälpa till att skaffa sadlar, så hon gick in på *Blocket* och kollade begagnade sadlar till salu i Stockholmsområdet. Det fanns ett stort utbud men de var så klart utspridda, många fanns norr om stan. Hon suckade. Det skulle ta evigheter att åka runt och kolla på och eventuellt köpa alla de sadlar de behövde. Hon kanske kunde få hjälp av Vanja. Hon skickade ett sms och ställde frågan.

Hon gick in på *Hästnet* i stället. Där fanns betydligt fler sadlar men spridningen var minst lika stor. Det var märkessadlar, till exempel Amerigo, Equipe och Prestige av både hopp-, allround- och dressyrmodell från strax under tiotusen till över trettiotusen kronor. Det var inte möjligt att lägga så mycket pengar på sadlar till ridskolehästarna. Det skulle bli dubbelt så mycket som de fick ut på försäkringen. Lydia hade sagt att försäkringsvärdet var ungefär 100 000 kronor och de behövde tretton sadlar, kanske minus en, om de kunde ta Vanjas gamla allroundsadel. Det vore bra med några riktiga dressyrsadlar och några hoppsadlar och sen ganska många av allroundmodell. Det fanns flera till lågt pris, men det var vad Marlene skulle kalla skitsadlar. De kostade visserligen inte så mycket men de skulle bli obekväma för både hästar och ryttare i längden. Då fanns det alltid en risk att hästarna fick ont i ryggen och fick de gå och bära på eleverna med ont i ryggen kunde de bli halta.

Marlene fortsatte söka bland annonserna och hittade flera olika sadlar som verkade vara av bra kvalitet men ändå inte alltför dyra. Det rörde sig om tyska märken som Stübben, Kieffer och Passier. Några av dem kostade inte mer än ett par tusen, men de verkade vara äldre och slitna. Där fanns två Kieffer av dressyrmodell, den ena för fyratusen, den andra femtusen. Hon klickade in sig på annonserna för att kolla storleken. Sjutton tums säte, det funkade, den ena med smal bom – kanske inte. De flesta hästarna behövde ha en bredare bom för att sadeln inte skulle klämma dem. Den andra hade vid bom, kunde funka. Kanske kunde de köpa hem flera olika sadlar för att prova på flera hästar. Den sadel som inte passade på en häst kunde passa en annan.

Det verkade vara ett maratonjobb. Åka runt till olika ställen ta hem och prova. Kanske behöva åka tillbaka med några sadlar. Det borde finnas ett enklare sätt. Så hittade hon en annons på Blocket med flera sadlar av olika medeldyra märken. Det skulle underlätta betydligt om de kunde hitta flera på ett ställe. Men annonsen var underligt formulerad – det kändes inte som om det var någon som själv rider som hade skrivit den. Det stod *Hästsadlar blandade säljes olika sorter*. Där fanns en bild på en sadel. Hon skulle precis slå det nummer som stod i annonsen när det plingade till i hennes telefon. Vanja hade svarat på hennes sms:

"Oki, kollar."

Skönt. Bättre att dela ansvaret med någon. Hon fortsatte kolla och hittade en butik som handlade med begagnade sadlar. Okej, det blev kanske lite dyrare men det vore helt klart bättre att kunna hitta flera på ett ställe. Hon skickade ett meddelande till Vanja med namnet på butiken och frågan: "Kan det vara något?" Hon fick inget svar direkt och bestämde sig för att göra en paus i sökandet. Kanske var Vanja bättre på att hitta bland annonserna. Vanja hade mer energi, var mer snabbtänkt. Vanja var dessutom bra på att göra affärer, hon var fräck och ohämmad.

Marlene funderade istället över det andra problemet de måste ta itu med. Om de skulle sälja sitt stall måste de hitta nya stallplatser till sina hästar. Det fanns ett par mindre stall bredvid ridskolan. Det bästa vore om Marlene kunde ha sina hästar där, nära sin arbetsplats. Men det var privata ägare, folk som var iväg på sina jobb på dagtid. Marlene hade ridlektioner på kvällen och de kvällar hon inte hade lektion jobbade hon på fritidsgården i Tungelsta. Hon kunde försöka hitta telefonnummer till dem. Eller kunde Vanja och Andreas ta tag i det? Kunde hon lägga det också på Vanja? Det kändes inte bra att bara lägga över allt arbete på sina kompisar.

Dörren till kontoret öppnades och Lydia kom in.

"Hej, Lydia. Vad gör du här? Är inte du ledig,"

"Jag måste prata med dig, Marlene. Jag ville inte ta det på telefon."

"Oj, det låter allvarligt."

"Så allvarligt är det inte, men jag har funderat och vet du, Marlene, Jag kanske inte blir kvar här. Hans vill att jag ska flytta med honom till Skåne och jag har sagt ja."

"Men det ville du ju inte."

"Inte först. Men jag har funderat. Jag tror det blir bra. Och så det här med sadlarna. Jag tror att jag har bestämt mig. Det blir för mycket och jag orkar inte ta tag i det."

"Men jag ska hjälpa dig med det."

"Fast jag har fått nog. Det blev liksom droppen. Om jag har förstått Hans rätt kommer jag att få ett mycket enklare liv med honom i Skåne. Jag vill inte bli av med honom heller. Så nu tänkte jag fråga om du vill ta över och driva ridskolan, eller bara själva lektionsverksamheten, så klart. Resten sköter klubben."

"Jag vet inte …"

"Du behöver inte svara nu. Men jag ska lämna besked till styrelsen och de kommer vilja att jag föreslår någon som kan ta över. Jag kan inte komma på någon som passar bättre än du."

"Jag har jobbet på fritidsgården också."

"Frågan är om det inte vore roligare att ta över lektionerna? Fundera du, så hörs vi i morgon.

Försäkringspengarna kommer så småningom så du kan köpa sadlar."

"Jag ska fundera. På sätt och vis skulle det vara kul. Jag vill nog prata med Ludde också i så fall. Har du polisanmält stölden?"

"Jag har anmält till polisen och lämnat in en kopia av listan på sadlarna. Men det lät inte som om de trodde att vi skulle kunna få tillbaka dem. De pratade om utländska ligor och sånt."

"Du behöver lämna in ett ex till försäkringsbolaget också."

"Jag har gjort det."

"Ludde sa att de tydligen har span på en polsk liga som kommer hit regelbundet och stjäl sadlar och annat. Och åker till Polen med."

"Det sa han inget om när jag anmälde. Att de har span på nån."

"Oj, det kanske jag inte fick säga. Men polisen har tydligen avlyssnat deras telefoner. De har en varsin vanlig och sen en "fultelefon" som de använder till att planera inbrotten och stölderna."

"Vadå *fultelefon*?"

"Det är med kontantkort. Går inte att spåra. Men eftersom den används tillsammans med deras vanliga har de lyckats hitta abonnenterna. Och de är tydligen från Polen."

"Tror du att de hittar våra sadlar då?"

Marlene ryckte på axlarna. Det var tydligen ändå svårt att få fatt på dem. Tullen kunde inte heller göra något, de skulle bara kolla varor som fördes in i landet.

"Jag har bett Vanja hjälpa till och kolla efter sadlar i alla fall."

Marlene satt på kontoret och gjorde listor till kvällens lektioner när Vanja ringde.

"Hur har det gått?"

"Vadå?

"Med sadlarna. Jag trodde det var därför du ringde. Att du hade fått tag på några."

" Inte än, men jag behöver ett råd. Jan har frågat om jag vill ta hand om inköpen. Med högre lön. Det blir som en befordran."

"Va kul! Det är väl inget att fundera över. Ta det! Det är en superchans, Vanja. Du kan ändå inte hålla på och kroppsarbeta hela livet. "

"Men kan jag tacka ja om jag ska ha barn?"

"Varför inte? Klart du kan. Ta det! Du är inte den första människan på jorden som ska ha barn. Du kan inte gå runt och vänta på att allt ska passa. Det är bara att tacka ja. Du kan ju alltid vänta ett tag med att berätta att du är gravid.

"Ja, va fan, du har rätt som alltid."

"Som alltid", sa Marlene och skrattade. "Nu ska Lydia flytta till Skåne också och hon vill att jag tar över ridskolan."

"Oj. Eller wow. Ska du det?"

"Jag funderar. Vad tycker du? Jag kanske behöver hjälp av dig ibland också."

"Självklart. Mellan amning och chefsjobb åker jag ner till ridskolan och matar hästar och har ett par ridlektioner, haha."

"Nej, nej, inte så. Men om jag blir sjuk kanske. Och att jag kan ha dig att bolla med. Jag lär behöva ett bollplank. Kanske om du kan ta någon lektion i veckan?"

"Jaja, det löser sig. Jag vet att det vore skönt att sluta på fritidsgården."

"Då passar det bra för mig att sälja stallet också. Frågan är bara vart vi ska göra av resten av hästarna. Men om vi ska sälja stallet måste vi fråga de andra, Andreas, Gabriella och Pia. Vet du förresten att Pia har kommit ut? Hon var med upp till stallet igår."

"Hur blir det då med Soraya? Vad säger Gabriella?"

"Hmm. Jag har en känsla av att det kan bli problem. Har du hittat några sadlar?"

"Inte än. Jag har inte haft tid att kolla. Men jag ska. Jag lovar. Nu måste jag jobba."

Och sen lade Vanja på.

På lunchen gick Vanja in på nätet för att leta sadlar. Ganska snart insåg hon att det skulle bli omöjligt att åka runt och kolla på begagnade sadlar på olika ställen. Hon letade istället upp ett par annonser med flera sadlar. En visade sig vara en butik inne i Stockholm som sålde begagnade sadlar. De hade naturligtvis ett påslag för sin hantering men det måste inte nödvändigtvis betyda att det var dyrare. De visste säkert vad sadlarna var värda. Privat kunde det vara mer godtyckligt, någon tog för lite betalt och någon annan på tok för mycket. Dessutom kunde de säkert få ett bättre pris om de köpte många sadlar. Hon hittade även en annan annons med flera sadlar som verkade väldigt billiga. Lika bra att ringa direkt.

"Vi har upphört med vår verksamhet så vi säljer ut alla våra sadlar", svarade mannen. "Du kan få ett paketpris."

"Det låter bra. Finns alla sadlarna kvar?"

Det fanns de.

"Jag ska bara kolla med kollegan, hör av mig senare."

Vanja noterade märken och modeller och skickade ett sms till Marlene.

"Låter inte dessa sadlar bra? För bra, kanske? Kan du kolla hur det stämmer mot ridskolans sadlar?"

En stund senare kom svaret:

"Jag kan inte säga till hundra procent, så klart, men det skulle kunna vara ridskolans. Jag kollar med Ludde hur vi ska göra."

19 Andreas bekymmer

Ett gällt skramlande väckte Andreas brutalt. Fortfarande halvt sovande sträckte han ut den högra armen och stängde av väckarklockan. Klockan var sju och han måste upp. Om han bara kunde få sova en liten stund till. Han sträckte ut vänsterarmen. Det var tomt men han kunde fortfarande känna värmen från kroppen som nyss legat där. Han nåddes av ljudet från en toalett som spolades och puttrandet från kaffebryggaren i köket. Han kände doften av kaffe. En varm, behaglig känsla spred sig i kroppen och han log för sig själv. Ola var kvar. De kunde äta frukost tillsammans. Eller dricka kaffe, då. Olas frukost bestod av en slät kopp kaffe. Själv åt han yoghurt och müsli. Andreas la benen över sängkanten, hittade tofflorna och morgonrocken och gick ut i köket.

"Godmorgon sjusovare!"

Ola bredde ut armarna till en omfamning.

"Så hemtrevligt med någon som kokar kaffe!"

Andreas gick fram till Ola och slog armarna om honom. Blev stående så en stund och kände värmen mellan dem.

Ola var alltid kärleksfull när de var ensamma. Bland folk agerade han oftast som om de knappt kände varandra. Andreas tänkte att bara Ola ville förlika sig med sin läggning skulle detta ändras. Ändå kändes det som en tagg som trängde in i bröstet och förgiftade hans kärlek och viskade till honom att det inte kunde bli de två trots allt. Han ville inte nöja sig med en kärlek som måste hållas hemlig och smusslas med. Som om det vore något att skämmas över. Andreas brukade inte gå runt och predika om sin homosexualitet men han brukade aldrig försöka dölja den heller. Kanske hade inte Ola heller bestämt sig. Han hade varit ihop med tjejer förut. Nu hade de träffats till och från i drygt ett år men Andreas visste aldrig om de skulle ses eller inte. Eller om de verkligen var ett par. Plötsligt stod Ola bara där och ringde på dörren. Ola bodde i Västerhaninge - inte långt från Tungelsta, men Andreas hade aldrig varit där. Ola svarade undvikande när han frågade. Visst kunde de träffas hemma hos Andreas men det skulle vara trevligt att se hur Ola hade det. Det hörde väl till? Andreas ville inte ha en hemlig älskare som kom på visit ibland, han ville ha någon att dela livet med. Hela livet.

Ola hade dykt upp på ridlägret förra sommaren för att sko hästarna. De hade blivit riktigt bra kompisar först men Ola hade inte alls verkat intresserad av något mer. Sen hade han ändrat sig och de hade fortsatt att träffas efter ridlägret. Men Andreas var inte säker på om Ola var intresserad på riktigt. Han kanske hade någon annan? Det gav honom ingen ro.

Det var tisdag och Andreas måste snart ge sig i väg till sitt jobb på Ribbyskolan i Västerhaninge där han undervisade i franska och engelska. Förr cyklade han i ur och skur eftersom han bara hade hästbussen och sin cykel, men nu hade han köpt sig en personbil, en röd Toyota, som underlättade livet för honom på många sätt. När morfar dog fick han ärva en slant och han behövde inte längre välja mellan hästlastbilen och cykeln när han skulle någonstans. Han hann äta sin frukost i lugn och ro och klä på sig. Åkte han hemifrån strax efter halv åtta var han ändå i skolan i Västerhaninge före klockan åtta. De morgnar när det var hans tur att fodra och släppa ut hästarna uppe i deras stall i Vädersjö, var det snabbt och lätt fixat före jobbet.

Ola hade druckit upp sitt kaffe och höll på att sätta på sig ytterkläderna. Andreas ville fråga om de skulle ses i kväll men han valde att tiga. Det sista han ville var att verka klängig. En gång hade han frågat Ola om de inte kunde bo ihop men det tänkte han inte göra om. Nu försökte han se glad ut när han ropade:

"Hej så länge, snygging!"

Ola skickade en luftburen puss samtidigt som han log med sina reklamvita tänder. Han måste ha blekt dem även om han bestämt förnekade detta. Det verkade väl kanske lite bögigt. Andreas reste sig från köksbordet och tog med sig Olas kopp som stod kvar på bordet.

Det var dags att bege sig till jobbet. Kläderna han skulle ha på sig hängde över stolen bredvid sängen. Andreas plockade alltid fram de kläder han skulle ha kvällen innan. Nu satte han på sig de grå byxorna i något slags viscoseblandning och den ljusblå bomullströjan. Ljusblå strumpor, brun skinnjacka och ljusbruna skinnskor. Han tittade sig i spegeln innan han gick och han var nöjd med vad han såg. Han var vältränad, lite över en och åttio, det mörkbruna håret kammat i sidolugg och han var fortfarande lite solbränd.

Tio minuter senare parkerade han på Ribbyskolans parkering, tog sin dator och väskan med rättade uppgifter från passagerarsätet och gick in. Han begav sig direkt till sitt arbetsrum och plockade ur det han haft med sig hem. Därefter förberedde han sig för sin första lektion som var franska med årskurs nio. Han hade kopierat upp ett frågeformulär som eleverna skulle få använda idag när de skulle intervjua varandra. Han tog datorn, bunten med kopior och sin franska lärobok. Det här var hans trevligaste grupp. Den bestod av nio tjejer och tre killar och som vanligt var alla i gruppen språkintresserade. Det var fördelen med att undervisa i franska. De som inte var motiverade rekommenderades välja tyska eller spanska istället.

Dagen gick som vanligt i ett stressat tempo. Förutom undervisningen var det olika administrativa uppgifter som skulle utföras. Det var frånvaorapportering, kontakt med föräldrar, kopiering av uppgifter och prata med olyckliga eller förvirrade elever.

Han slutade tidigt och när han var klar för dagen plockade han fram sin telefon och satte på ljudet på den igen. Han hade fem missade samtal från Vanja men hon hade inte lämnat något meddelande så det var väl inget akut. Han brydde sig inte om att ringa tillbaka.

Hur många gånger hade han inte sagt att hon inte kunde ringa honom på jobbet? Var det något akut fick hon ringa expeditionen. Om hästarna var sjuka eller något sånt. Han räknade med att träffa henne i stallet om en stund. Skulle bara stanna till hemma och byta om.

20 Försäljning

Vanja hade försökt ringa Andreas under dagen, men det var alltid svårt att få tag på honom. Han jobbade i skolan och otaliga gånger hade han förklarat att det inte fungerade att vara tillgänglig på telefon när man hade lektion. Det visste hon men hon provade ändå. Flera gånger under dagen men utan resultat. Hon ville ha besked om stallet. Skulle de sälja? Eller skulle de tacka nej? Själv började hon luta alltmer åt att sälja. Det kändes som om de skulle få ångra sig om de tackade nej till det generösa erbjudandet.

Hon slutade jobbet klockan fyra och hon körde bara förbi hemma och bytte kläder och sen åkte hon till stallet i Vädersjö. Om hon skyndade sig hann hon bli klar med mockning och ridning innan det blev helt mörkt. Än så länge. Det blev mörkare för var dag, och det skulle bli värre senare på hösten. Efter att de ställt om klockan till vintertid var det mest mörkt hela tiden.

I stallet träffade hon Gabriella, så hon passade på att berätta för henne. Det verkade inte som om hon hade något emot att flytta hästen men Vanja såg att hon reagerade när hon fick höra att Pia var ute. Gabriella fick något oroligt i blicken och drog upp axlarna.

Andreas röda bil stod utanför stallet och Asta var borta, så han var förmodligen ute och red. Bra. Då skulle han snart komma. De hade känt varandra länge och Vanja betraktade honom som en av sina allra närmsta vänner. De träffades i stort sett varje kväll i stallet och höll på med sina hästar.

Vanja gick in i stallet, hämtade skottkärran och grepen och gjorde rent åt Ametist, fixade foder och tog in sin häst från hagen. Sen borstade hon av honom. Det hade regnat tidigare på dagen och han hade rullat sig ordentligt, som alltid när han blev blöt. Det kliade antagligen. Det var fortfarande ganska varmt och hon hade inte börjat lägga täcke på honom ännu. Bara om det skulle vara heldagsregn. Det tog lång tid att få bort jorden som klibbat fast i den blöta pälsen, eller hårremmen som det hette på hästar. Hon kratsade hovarna, satte på benskydd, sadlade och tränsade. Precis när hon var på väg ut kom Andreas tillbaka med Asta.

"Har du ridit ut?"

"Ja det blev det. Tyvärr. Vad ville du? Jag såg att du hade ringt."

"Tyvärr!? Fan vad du var gnällig nu då."

"Skogen i all ära, Vanja, men jag börjar tröttna. Visst kan man jobba hästen i skogen också, eller nere på ängen, fast ärligt talat vet jag inte hur länge jag pallar."

"Då kommer du kanske att tycka att det är ett riktigt djävla bra erbjudande som vi har fått av vår nya granne som bygger där borta."

Hon pekade bort mot den snart färdigbyggda villan, "Han vill köpa stallet. För åtta hundratusen."

Andreas blev tyst. Sen tittade han på henne som om han trodde att hon skämtade. Men hon var gravallvarlig. Han mumlade något ohörbart och gick in med sin häst i stallet, så Vanja fortsatte ut, satte foten i stigbygeln och svingade sig upp.

Det fanns en liten äng en bit bort efter vägen där de fick lov att rida. Det började skymma men efter en stund hade ögonen vant sig och det gick ändå hyfsat bra att jobba hästen en stund på ängen. Hästen såg betydligt bättre i mörkret än vad hon själv gjorde. Ametist kändes bra, mjuk, varför hon inte behövde rida så länge.

När hon kom tillbaka hade Andreas tydligen tänkt igenom erbjudandet för han sa:

"Jag säger ja. Alla gånger. Har ändå funderat på det här med att ha hästarna ute i skogen, utan ridhus eller en ordentlig ridbana. Det var mysigt i början. Skönt att slippa allt folk men jag har tröttnat. Det blir jobbigt när det är mörkt på kvällarna. Jag har ju två hästar också. Vad säger Marlene? Och Anita. Henne måste vi fråga också?"

"Marlene vill nog sälja. Kan inte du ringa Anita? Du har bättre tumme med henne än vad jag har. Du är lite mer diplomatisk."

Anita var mamma till Estelle som hade hästen hos dem innan hon åkte till Tyskland. Det var Anita och hennes man Kurt som bidrog mest när de skulle bygga stall i den gamla ladan. Nu var de inte med längre men måste självklart tillfrågas innan det kunde bli tal om att sälja.

"Äh, det där är en dålig ursäkt, Vanja, men visst kan jag ringa henne. Ska bara ta ut Cider en vända också. Jag tror inte att Anita bryr sig, om jag ska vara ärlig. Nu när Estelle inte är kvar här hemma. Själv rider hon på ridskolan en gång i veckan. Hur är det med Pia förresten? Ska vi inte fråga henne?"

Vanja svarade inte, gav honom bara en blick med höjda ögonbryn och fnös.

21 Charmören

Andreas ignorerade Vanjas insinuationer, och gick istället fram till boxen där hans andra häst, Cider, hade sin plats.

"Hallå, fröken. Hur är det med husses tjej?"

Cider la som vanligt nosen på hans axel och började pillra med mulen i hans hår. Andreas tog grimman från väggen bredvid boxdörren, öppnade, satte på henne grimman och ledde ut henne i stallgången. Han satte fast henne i uppställningslinorna och borstade, kratsade hovarna, sadlade och tränsade. När han var klar tog han ut henne, satt upp utanför stallet och red en stund på "ridbanan" på ängen. Han skrittade en bra stund innan han började trava, formade hästen i innersidan för att få henne lösgjord och red henne i låg form, med låg nacke för att få igång ryggen och arbeta genom kroppen.

När han hade ridit klart och ställt in hästen i boxen igen, ringde han till Anita.

"Men det är ert stall, inte behöver ni fråga mig om det."

"Men ni hjälpte till att bygga det, du och Kurt. Och köpte material. Ni betalade det mesta."

Det var sant. Det gick åt mycket byggmaterial när de iordningställde stallet som från början bara var en gammal lada. Ladan hade de själva betalt och jobbet hade de hjälpts åt med men det mesta av materialet hade Anita och hennes man stått för.

”Det behöver ni inte bry er om. Sälj om ni vill.”

”Det känns inte rätt. Då borde vi åtminstone betala er för materialet.”

”Tänk inte på det. Estelle lär inte komma hem på ett tag. Vi klarar oss bra ekonomiskt. Förresten fick vi igen det när vi knappt betalade någon stallhyra.”

”Hur går det för henne?”

”Jag ska ner och hälsa på henne snart. Hon trivs, säger hon. Lär sig nya saker varje dag.”

Inga problem med Anita, alltså.

Gabriella borde Marlene prata med, eftersom hon hjälpte henne och var lite mentor åt henne. Men Pia måste de fråga, trots att Vanja verkade tycka att det var onödigt. Förresten var det bättre att Marlene pratade med henne också. Eftersom de hade sitt lilla samarbete kring Pias häst.

Andreas hittade Vanja i sadelkammaren, där hon höll på att putsa sina grejor. Sadeln, tränset och stövlarna skulle rengöras med lädertvål. Emellanåt skulle de fettas in med läderfett och när det var dags för tävling skulle stövlarna putsas med skoputs så att de blev blanka.

”Som jag trodde. Inga problem med Anita.”

"Där ser du. Du lindar varenda djävla tant runt ditt lillfinger. Din satans charmör."

Hon lät inte arg eller irriterad när hon sa det utan det var troligen mest för att reta honom. Han ignorerade henne igen. Det var bästa sättet hade han lärt sig. Annars kunde han hamna i en ändlös diskussion om ingenting. Innerst inne visste han att Vanja bara retades och egentligen tyckte han att hon var lite rolig. Men hur skulle han bemöta att han var en charmör som hade bra hand med tanter?

"Men vad tycker du själv, Vanja?"

"Jag tycker helt klart att du är charmig."

Vanja skrattade. Andreas gjorde en grimas. Sen fortsatte Vanja:

"Äh, jag är nog också rätt trött på att harva runt i mörkret. Nu när det blir höst också och vi får bra betalt. Lika bra att passa på. Visst är det skönt med eget stall och att slippa alla idioter men det känns som om jag har fått nog."

"Men var ska vi ställa hästarna? Det är frågan. Jag vill stå med dig och Marlene."

"Jag vill också ha kvar er som sällskap, men hur gör vi med de andra då – hyresgästerna?

"Det är väl bäst om Marlene kan prata med dem?"

Tänk att ibland ordnade sig allt utan att man behövde lägga två strån i kors. Problemet som gnagt i Andreas hade löst sig av sig självt. Sedan en tid tillbaka tyckte han att det hade blivit besvärligt och ohållbart för honom att ha sina hästar ute i skogen. Han hade verkligen gillat att ha ett "eget" stall ihop med sina kompisar men att inte kunna träna fullt ut vid stallet tog energi från ridningen. Andreas hade två hästar och hade som mål att rida lite högre hoppklasser. Då behövde han träna. Ordentligt. Seriöst.

De hade visserligen något slags ridbana där det oftast gick att jobba hästen men ibland var det skitväder och att då rida tio minuter genom skogen för att komma till ridhuset på ridskolan blev besvärligt. Trots regnkläder och ridtäcke blev man alltid lite blöt. Hjälmen blev blöt, stövlarna blev blöta och sadel och träns blev så småningom förstörda. Det var inget man orkade med i längden. För att inte tala om när det blev vinter. Andreas hade dessutom två hästar och det blev helt enkelt lite för drygt. Ibland tog det emot och han kände att han snart skulle riskera att börja fuska och hoppa över ridningen om vädret var för dåligt. Han ville ha hästen vid ett ridhus. Det kunde hända att de andra tyckte att han var för bekväm eller lat och han hade väntat med att säga något till sina vänner men han hade tänkt ta upp frågan. Nu slapp han det.

Det hade varit mysigt att ha ett eget stall ihop med sina kompisar men nu hade han fått nog, så det här generösa budet för deras stall kom just i rättan tid. Nu gällde det bara att få Gabriella och Pia med på det hela, men det skulle Marlene klara galant. De skulle kanske behöva ha en plan först. Kolla upp stallplatser och ge dem några alternativ.

När han närmade sig lägenheten i Ankaret började han fundera över Ola igen. Skulle det bli en ensam kväll? Han hatade verkligen ovissheten, han ville ha kontroll. Det här med någon som bara stod där utanför dörren var frustrerande. Samtidigt gillade han verkligen Ola. Han slängde i väg ett mess: "ses?"

Ett par timmar senare när det var dags att sova hade han fortfarande inte fått något svar.

22 Gabriella rider

Gabriella cyklade till stallet efter jobbet. Hon jobbade som personlig assistent och hon tyckte om sitt jobb. Arbetstiderna var lite olika. Ofta var hon ledig på dan och det passade henne utmärkt. Det var skönt att inte alltid behöva vänta till kvällen innan hon kunde ta sig till stallet och sin älskade häst. Att andra människor tyckte att det var ett skitjobb brydde hon sig inte om. Så småningom skulle hon kanske fortsätta i skolan och "bli" något men det kändes inte som om det var någon brådska med det. Först måste hon förresten veta vad hon ville bli.

Ännu var det ljust och Gabriella hade lyse på cykeln om det skulle bli mörkt innan hon åkte hem igen. Det kändes bra att cykla. Hon hade blivit stark och smidig av att röra sig mer. För pengarna hon fick när hennes pappa dog hade hon köpt en lägenhet i Ankaret. Hon klarade sig själv, handlade, lagade mat och allt annat som det innebar att ha ett eget boende. Hon bodde ensam och hade inte många kompisar. Estelle som varit hennes bästis sen de var små hade åkt till Tyskland och försvunnit ut ur hennes liv. Visserligen hördes de av på nätet, på Skype eller Facetime, men det var inte som att ses i verkligheten. Hon hade stallkompisarna också förstås. Även om det inte kändes som om hon var deras kompis direkt, så var det ändå skönt att veta att hon kunde träffa Vanja och Andreas och ibland Marlene. Marlene var hennes ridlärare också som hjälpte henne att utveckla sin ridning. Det kändes tryggt att bo i samma område som Andreas och Marlene.

Hon hade inga syskon och det fanns inga andra släktingar utan hon fick ärva allt efter sin pappa. Det var ingen förmögenhet men det räckte till lägenheten och så satte hon in lite pengar som blev över på ett konto för att ha i reserv om något skulle hända, eller om hon skulle få lust att köpa något.

Nu hade hon haft egen häst i drygt två år och det hade varit två bra år. Rädslan hon hade känt i början gick över ganska snabbt när hon märkte att hon kunde lita på sin häst. Montgomery, eller Monty som hon kallade honom. Han var hennes allt. Det kändes som om han förstod henne när hon var ledsen och han fick henne alltid på bra humör. Han kom med sin varma, mjuka nos och blåste varm luft i hennes ansikte och hon kunde stoppa in ansiktet i pälsen på halsen och dra in den härliga doften och känna ett lugn och en lycka som slog allt annat. Med hästen fanns bara nu. När pappa dog, nej rättade hon sig, när pappa blev *mördad* av den där vidriga Pia, hade Monty varit den som fått henne att gå vidare. Hon hade fått prata med en psykolog som ville att hon skulle berätta saker men hon hade ingen som helst lust att prata om det som hänt. Hon hade hört hemska saker om sin pappa, vad han hade gjort med hästar och hon kunde inte förstå. Hon kunde inte svara för vem hennes pappa var. För henne var han bara pappa. Då hade Estelle varit där och försökt trösta men det var hästen som gav den bästa hjälpen. Monty ställde inga krav, inga frågor. Han bara fanns där med sin stora varma kropp och välkomnade henne som hon var.

Marlene fortsatte att hjälpa henne med ridningen på helgerna och hon gjorde framsteg hela tiden. De hade till och med planerat att hon skulle starta i en dressyrtävling så småningom. Marlene hade lovat att följa med och coacha henne på framridningen. Det pirrade lite i kroppen när hon tänkte på det. Det kändes spännande men på samma gång oroligt.

När hon kom fram till stallet var Vanja där.

"Vet du att Pia var här igår?"

Alltid rakt på sak var hon, Vanja. Inga krusiduller, inga förskönande omskrivningar. Egentligen gillade hon det. Men ibland önskade hon att sanningen inte skulle levereras så brutalt att hon nästan blev golvad. Det kändes som om hon fick ett knytnävsslag i magen som fick henne att tappa andan och falla ihop. Svårt att resa sig. Svårt att svara. Benen som gelé, rösten bar inte.

Hon visste så klart att Pia skulle komma ut från fängelset igen, men hon hade förträngt det och samtidigt hyst ett tyst hopp om att slippa henne i stallet nu när Marlene hade tagit över Pias häst. Hon visste inte vad hon skulle svara. Hon fick harkla sig några gånger för att få fram ett dumt:

"Nä."

Jaha, tänkte hon, så nu ska den där mördarkärringen hänga med Marlene.

Visst, det var klart, Marlene hade haft hand om Pias häst, Soraya. Nu skulle de förstås hålla på med Soraya tillsammans. Det var korkat att inbilla sig något annat. Hur skulle det då gå med Monty? Kanske fick hon lov att flytta honom till ett annat stall. Inte för att hon ville försvara det som hennes pappa hade gjort. Som hon inte riktigt kunde förstå. Men Pia hade dödat honom och Gabriella ville absolut inte träffa Pia. Hon hade inte hunnit smälta att hon måste konfronteras med Pia när Vanja levererade nästa nyhet.

"Vet du att vi kanske ska sälja stallet?"

"Nej, till vem då? Eller varför? Och vart ska vi göra av hästarna?"

"Det är inget bestämt än, men det löser sig i så fall. Vi får kolla på några stall runt ridskolan."

Gabriella nickade. Det lät bra. Kanske skulle hon slippa Pia då och så blev det lite närmare att ta sig till stallet när det blev mörkare och kallare på kvällarna. Till ridskolan tog det max tio minuter att gå. Fem att cykla.

Dags att göra rent Montys box. Gabriella hämtade skottkärran och grepen och började mocka. Det var inte så lätt att hitta alla hans högar. En del hade hamnat under spånet, hur det nu hade gått till. Hon försökte peta undan det rena spånet och sortera ut gödselhögarna. Hon hade blivit riktigt duktig på detta om hon fick säga det själv. I början var det svårt att sortera och tog lång tid att få boxen ren. Då gick det åt mycket spån, men nu hade hon tränat upp sig och det flöt på utan problem. Gabriella skulle nästan säga att hon gillade att mocka. När själva arbetet gick på automatik kunde man låta tankarna löpa fritt och det rensade ur hjärnan lite.

När hon var klar var det dags att göra i ordning Monty. Hon borstade av honom, ryktade, tog piggborsten och borstade ut hans man och svans och kratsade hovarna. Sen hämtade hon sadeln och la på den försiktigt, drog åt gjorden mjukt i omgångar så att han inte skulle tycka att det var obehagligt, tränsade och så var det dags för den bästa stunden på dagen.

23 Träning

Vanja stod framför spegeln i profil och försökte föreställa sig hur hon skulle se ut när magen växte. På ett sätt skulle hon känna sig stolt över att bära ett barn i sin kropp men hon såg verkligen inte fram emot att bli tung och otymplig. Hon gillade att röra på sig. Och så kom hon på en sak som hon inte hade tänkt på innan. Hästen. Hon skulle bli tvungen att skippa ridningen i flera månader. Eller kanske inte ändå. Det fanns en del kända ryttare som hade ridit in i det sista innan förlossningen och sen varit tillbaka på hästryggen efter bara några veckor. De tävlingar hon hade inplanerade den närmaste tiden borde åtminstone inte innebära några problem.

Vanja hade bestämt sig, det fick bära eller brista. Hon ville ha både barnet och det nya jobbet. Och varför skulle inte det gå? Hon tänkte följa Marlenes råd och hålla tyst om graviditeten tills det började synas. Det var bara Marlene som visste än så länge och hon kunde vara tyst.

När telefonen ringde svarade hon, som alltid, med sitt förnamn.

"Ja, det är Mikael Netterström här. Jag pratade med din kompis förut. Madeleine?"

"Marlene heter hon"

"Okej, Marlene. Hon sa att jag kunde höra av mig till dig istället. Har ni hunnit diskutera saken med era kamrater?"

"Vi går med på att sälja. Men vi måste hinna ordna med andra stallplatser till våra hästar först."

"När kan ni göra det?"

Det är till att vara het på gröten, tänkte Vanja.

Irritationen började röra sig någonstans runt solar plexus och riskerade att sprida sig. Hon måste anstränga sig för att inte fräsa något som hon fick ångra senare. Att skaffa nya stallplatser åt alla hästarna, det var ingenting man bara gjorde. Hur ska jag nu förklara det för någon som inte fattar? Man måste ju leta och fråga runt till man hittar något bra.

"Svårt att säga. Vi ska kolla upp det."

"Kan vi säga första november? Så har ni en dryg månad på er."

Borde gå. Men ingenting man kan lova.

"Vi kan försöka. Men du får fatta att vi måste hitta nåt annat innan vi kan lämna besked."

Vanja hörde själv hur tonen lät avsnoppande och tog ny sats med vänligare, lugnare ton.

"Det är många hästar med flera olika ägare. Men jag kan höra av mig när vi vet."

"Det vore bra om det blev klart till november. Huset kommer vara inflyttningsklart då."

"Jag ska se vad jag kan göra."

Nu spred sig irritationen som ett grått moln från magen upp till huvudet.

Var tyst nu, sa hon till sig själv, väl medveten om att hon hade en förmåga att tala i affekt i stället för att låta ilskan lägga sig och tänka efter innan hon sa något.

Hon var tyst. Avslutade samtalet, sparade numret och döpte det till "stallkund".

Vanja satte sig på sängkanten, drog av sig jeansen och satte på sig ridbyxorna, i hallen drog hon på sig jodhpursen och stalljackan och sen körde hon upp till stallet i Vädersjö. När hon hade gjort i ordning boxen och fodret bytte hon till ridstövlar och tog fram hinken med sina ryktgrejor. Nu skulle hon göra i ordning Ametist och rida till ridskolan.

Torsdagar slutade lektionerna tidigare. Det var en pensionärsgrupp på eftermiddagen, sen ett par barngrupper och därefter hade Lydia träning. Marlene hade redan ridit iväg, hon skulle jobba på fritidsgården efter sin träning. Andreas hade gett sig av med bussen för en stund sen. Om hon hade tur orkade han vänta på henne och så kunde hon och Ametist åka med honom tillbaka i hans hästbuss.

Ametist hade rullat sig igen och det tog en stund att få honom ren – det började bli hög tid att ha täcke på honom. Hon var sen redan när hon kom till stallet på grund av den där snubben som skulle tjata om att köpa stallet. Eftersom det tog extra tid att få hästen ren blev hon ännu mer försenad och hon fick skynda sig på att sadla och tränsa, på med hjälmen och upp på hästen. Hon mötte Marlene när hon precis hade startat och stannade och frågade hur det hade gått med träningen. Hon gav sig knappt tid att lyssna på vad Marlene svarade utan fick bråttom i väg. Hon travade det mesta av vägen och hästen var ordentligt uppvärmd när hon kom fram.

Lydia var nästan klar med Andreas när hon kom in i ridhuset. Han skulle bara jogga av hästen, lägga ner den i låg form så att den fick stretcha ut sina ryggmuskler.

"Vill du ha skjuts hem?" frågade han.

"Gärna."

Andreas skrittade av sin häst och sen gick han ut med Asta till bussen. Efter en stund kom han in igen och satte sig på läktaren för att titta på Vanjas träning. Vanja övade galoppombyten.

"Samla lite till och rid fram till bytet!" sa Lydia. "Så bättre, då får han en bättre gest."

"Rid nu tempoväxlingar i galopp. Sex steg lite längre språng och sex steg lite kortare. Ta tillbaka honom med sätet. Aktivera bakbenen med skänkeln."

Ametist blev lite taggad av att länga sprången och Vanja hade svårt att få tillbaka honom. När hon bromsade satte han upp huvudet.

"Inte så mycket tygelhjälper, mer säte och rör bara mjukt på bettet. Så mycket bättre."

Det kändes mer harmoniskt och en stund senare hade Vanja ridit klart. De hjälptes åt att lasta in Ametist för att ge sig iväg mot Vädersjö med hästarna.

"Ametist såg bra ut idag."

"Ja, det kändes bra. Lydia är super. Hur ska det gå sen när hon flyttar? Vi måste hitta någon ny tränare."

"Vi får väl göra lite research. Men jag gillar inte att bli av med henne."

Andreas startade bussen och backade ut från parkeringen.

"Den där snubben som ska köpa stallet ringde och tjatade. Har du några bra förslag på vart vi ska göra av hästarna?" frågade Vanja så snart Andreas börjat köra."

"Jag vet att det finns flera småstallar intill ridskolan. Vi kanske kan fråga där?"

"Marlene vill nog ha både Soraya och Miranda nära ridskolan. Pia får väl följa med på köpet, haha. Jag vet inte om de har kommit överens på något vis om hur de ska dela på Soraya."

"Gabriella då? Hon vill antagligen att Marlene ska fortsätta hjälpa henne med ridningen. Hon har ingen transport heller, så hon måste ha ridavstånd."

"Men var ska vi ställa våra hästar? Tror du att det finns plats till oss alla i närheten av ridskolan?"

Andreas hade inget förslag.

24 Stolthet

När de kom fram till stallet hjälptes de åt att lasta ur hästarna, göra rent transporten och ge hästarna kvällsmat.

Sen åkte Vanja hem för att berätta för Rasmus att han skulle bli pappa.

Han ringde när hon var på väg och frågade om han skulle hämta pizza. Han hade egen nyckel till hennes hus och satt redan i soffan när hon kom hem. Pizza var gott. Kebabpizza åt henne och Carbonara åt Rasmus själv. Han hade dukat fram bestick och öl. De åt direkt från kartongerna och drack sin öl direkt från flaskan. När Vanja hade ätit upp sin pizza och druckit ur sin öl rapade hon högt och ljudligt. Rasmus flinade. Sen berättade hon.

"Jag känner mig inte mogen", sa Rasmus. "Jag är ledsen, Vanja, men jag vill nog göra lite andra grejor först innan jag binder mig. Vi var ju överens om att vi inte skulle bo ihop utan bara träffas vissa dar. Jag har aldrig haft en egen lägenhet ens en gång."

"Jag är trettio år, Rasmus. Jag tänker inte ta bort det."

"Hur kunde det hända, ens? Du käkar ju p-piller. Gör du väl?"

"Det är inte hundra procent säkert", sa Vanja tyst.

Hon som aldrig brukade dra sig för att ge svar på tal, som inte skrädde orden utan gormade och svor. Vanja är tuff. Hon är rapp i truten och säger vad som faller henne in. I Rasmus sällskap blir hon ibland mesig. Nu hade hon krympt till en liten del av sig själv.

Sen sa hon ingenting alls. Hon hade varit så säker på att Rasmus skulle bli glad. Fan! Fan! Besvikelsen sköljde över henne som en hink med iskallt vatten. Sedan flammade i stället en eld upp i hennes inre och hon kände igen sig själv igen när hon sa:

"Åk hem till mamma, då! Djävla Barnrumpa! Det är ingen mening att vi fortsätter träffas i så fall."

"Men det var inte så jag menade."

"Nej, men så menade jag. Hejdå!"

Rasmus rafsade ner sina kläder i en väska och gick. I dörren vände han sig om och tittade på henne som om han ville säga något men så ändrade han sig tydligen, vände sig om och gick.

Hennes hjärna kokade en stund efter att han hade gått. När hon lugnade sig och började tänka på hur det skulle bli med allting fick hon ont i magen. Hade hon haft för bråttom nu igen och kastat ur sig något som hon skulle få ångra? Rasmus hade inte fått en chans att vänja sig vid tanken innan hon hade kastat ut honom. Själv hade hon ju funderat i flera dagar.

Hur skulle hon klara att ta hand om ett barn alldeles själv? Hur skulle hon klara det längre fram utan hjälp av barnets pappa? Hur skulle det gå när barnet hade kommit och hon behövde någon som tog hand om bebisen när hon skulle rida? Men hon hade faktiskt också sett tjejer som hade barnvagnen med sig in i ridhuset eller på ridbanan och ställde den i ett hörn. Hon gillade idén. Att skaffa barn var ingen sjukdom. Hon bestämde sig för att bli en sån mamma som inte lät sig stoppas av praktiska problem. Problem var till för att lösas. Det var säkert härdande för barnet också. Lite hästlukt och mycket frisk luft. Och så fick ungen vänja sig vid att vara med i stallet från början. Men hon skulle vara bunden till barnet i många år och vissa saker skulle bli svåra att klara själv. Skulle hon bli tvungen att ringa sin mamma, krypa till korset och be om hennes hjälp?

Varför i helvete är jag så förbannat stolt? tänkte Vanja. Stolthet har förstört mycket här i världen. Inte minst när det gäller kärlek. Hon kanske skulle försöka jobba på att vara ärligare, känna efter hur hon kände och säga det istället för att be folk att dra åt helvete till höger och vänster. Kanske fick hon börja med sin mamma, som faktiskt hade kommit med flera försoningsgester de senaste åren, inte bara att hon hjälpt henne att skaffa hus, hon hade erbjudit sig att komma och hjälpa till med trädgården. Men där hade Vanja varit benhård. Hon ville inte ha sin mamma där. Det var nästan som att hon ville vara sur. Straffa sin mamma för alla ensamma kvällar under tonårstiden. Hon insåg att det var ett barnsligt sätt att se på situationen. Hon påminde sig själv om att hon faktiskt hade fyllt trettio år. Att hon var vuxen och skulle försöka bete sig så också.

Jag måste ringa till mamma, tänkte hon. Hon kommer säkert att hjälpa mig.

Hon tog upp sin telefon och började bläddra bland kontakterna för att leta rätt på numret till sin mamma.

25 Köpare

På fredagsmorgonen hade vädret slagit om och blivit klart. Solen var på väg upp men en tjock dimma låg över sommarstugeområdet. På natten hade temperaturen sjunkit en bit under nollgradersstrecket och det var frost på bilrutorna när Vanja skulle ge sig iväg på morgonen. Var hade hon nu den där skrapan? Det var första morgonen för säsongen som hon behövde den och hon hade säkert lagt den på ett bra ställe i våras när hon inte behövde den längre. Hon kollade i facket på insidan av dörren, men där fanns den inte, inte heller på passagerarsidan. Hon kollade baksätet. Ingenting. Sen kom hon på att hon i något slags städiver hade ställt en plastback i skuffen och där hade hon lagt ner allt löst och där hittade hon en skrapa. Det tog en stund att få bort isen från rutan och hon kom iväg tio minuter för sent.

Om man körde utan marginaler, som Vanja oftast gjorde, innebar det att man kom för sent emellanåt. Ingen på jobbet sa något, men det kändes pinsamt att komma sent.

När hon många timmar senare lämnade jobbet hade solen värmt upp luften och det var riktigt behagligt ute. Hon skyndade sig till stallet, efter att som vanligt ha varit en snabb vända hemma och bytt om till ridkläder.

Någon hade tydligen bestämt sig för att det var grillväder, för det luktade bränd tändvätska. Hon hade mycket väl kunnat tänka sig att sätta sig i solen en stund, det hade varit härligt att grilla. Sitta i solen en stund och åka till stallet senare men just idag gick inte det, eftersom det var idag hon skulle träffa Netterström vid stallet.

Det var inte ofta hon gjorde något annat på kvällarna än att åka till stallet och rida. Om hon skulle hitta på något på kvällen var hon tvungen att skippa ridningen den dagen. Det kunde gå någon gång ibland men om det blev för ofta gick det ut över hästen. Vanja hade gjort sitt val för flera år sen, när hon bestämt sig för att skaffa häst. I och med det kom hon längre ifrån kompisar som inte hade häst. Kompisar som ville att hon skulle hänga med och ta en öl en kväll, eller komma över och fika. En kväll i veckan kunde hon kanske strunta i ridningen, men blev det flera kunde hon lika gärna skita i att ha häst. Och det hände ganska ofta att det var något hon var tvungen att göra. Någon kanske fyllde år eller hon behövde uträtta ett ärende.

Idag skulle Vanja träffa Netterström. Han hade frågat när de kunde ses och hon hade sagt att hon skulle vara där senast kvart i fem, men när hon kom var han inte där. Hon kollade klockan. Det var hon som var tidig för en gångs skull, klockan var bara fem över halv. Hon bestämde sig för att börja göra rent i stallet.

Efter ett tag hörde hon en bil. När hon gick ut ur stallet stod Netterström där och väntade på henne. Om det nu var han. Han hade stigit ur sin bil, en svart BMW av senare årsmodell. Han såg ut att vara i fyrtioårsåldern, kanske äldre. Han var klädd i blå jeans, och en tjock blå fleecetröja. Håret var tjockt och väldigt brunt, nästan så att Vanja undrade om han hade färgat det. Vanja gillade inte killar som färgade håret. Det var tillräckligt fjantigt när kvinnor gjorde det. Hennes mamma brukade visserligen färga håret men det var bara för att hon hade svårt att acceptera att hon började bli gråhårig och det kändes ändå okej. Att färga håret var ändå inte det värsta. Vanja klassade det som nivå tre. Nivå ett var enligt Vanja att fylla ut läpparna med botox och se ut som en babianrumpa i ansiktet. Nivå två var att göra bröstförstoring. Varför var man inte nöjd med små tuttar? Vanja hade ofta önskat sig mindre bröst. Hennes var inte jättestora men de var ändå i vägen när hon skulle rida eller springa och hon fick trycka in dem med minst en sportbehå som gjorde det svårare att andas. Gjorde hon inte det skumpade de runt okontrollerat och behåbanden åkte ner på axlarna och det blev allmänt störande.

Mannen som antagligen var Netterström log mot henne när hon gick fram till honom, men det var ett sånt där leende som aldrig nådde ögonen och Vanja fick obehagliga vibrationer. Han kom fram och presenterade sig.

"Mikael Netterström."

Vanja sa sitt namn och sträckte fram sin hand. Handslaget var fast. Hårt. Gjorde nästan ont. Vanja hatade visserligen att skaka en hand som kändes som en död fisk men för den skull behövde han inte överdriva och klämma sönder hennes hand. Vilken spännputte!

Chilla! tänkte hon, men det sa hon så klart inte högt.

Vanja gjorde en svepande gest ut mot hästhagarna.

"Ja det är hagarna här som hör till. Vi kan gå in i stallet och titta."

Vanja gick före och visade runt boxar och sadelkammare. Netterström verkade nöjd.

"Jag har redan sett mig omkring och det vore bra om vi kunde göra upp detta så fort som möjligt."

"Men jag sa i telefon att vi inte kan flytta våra hästar förrän vi har skaffat nya stallplatser."

"Fruns och dotterns hästar står i Farsta. Vi bor där, men det blir långt att åka när vi flyttar hit. Kanske kan vi göra klart affären nu och så kan vi skriva tillträdesdag till nästa månadsskifte?"

Ja, det gick bra. De bestämde sig för att åka upp till banken i Västerhaninge och skriva kontrakt och ordna med lagfart så fort det fanns tid på banken.

"Har du fått klart med lån?»

"Nja, jag behöver nog inte låna så mycket pengar så det löser sig."

Vanja fick anstränga sig för att inte svara något insinuerande om svarta affärer.

"Jag kollar med banken. Så hör jag av mig."

"Låter bra."

När hon passerade Netterströms bil på vägen ut kastade hon en blick in i baksätet. Där låg några sadlar och Vanja undrade varför han åkte omkring med sadlar i bilen. Det var väl frun och dottern som red?

26 Pia dyker upp igen

"Kan jag rida idag?"

Marlene höll på att göra rent krubborna och vattenkopparna år sina hästar och hade inte märkt att Pia hade kommit in i stallet. Hon bara stod där i stallgången. Hade tydligen fått igång sin egen bil. I ena handen höll Pia en stor påse med äpplen. Hon höll fram påsen och visade.

"Jag har flera äppelträd i min trädgård och det blir massor av fallfrukt så jag tog med lite till Soraya."

"Ställ dem där borta vid fodret så kan den som vill ha ta själv."

"Men de är till Soraya."

Marlene gav Pia en ilsken blick.

"Hon får allt dela med sig."

Pia gick bort med äpplena till foderutrymmet.

"Det funkar inte att du bara dyker upp helt plötsligt som gubben i lådan och ska rida, sa Marlene. Vi får göra ett schema i så fall. Jag ska tävla i helgen så jag skulle behöva rida de här dagarna som är kvar till dess. Annars är det ingen mening, om jag inte har tränat."

"Men kan vi göra det då? Ett schema? Du får fatta att jag vill kunna rida min häst."

"Jag har betalat allt för henne nu också. Har du några pengar? Så att du kan bidra?"

"Pengar har jag."

"Då får vi göra en uppdelning för hur det ska bli efter helgen."

"Det vore bra. Men kan vi inte göra som häromdagen? Att jag värmer upp henne en stund? Jag är verkligen ridsugen. Jag har längtat i två år."

"Kan vi väl."

Men Marlene kände sig inte helt nöjd med arrangemanget. Pia var jobbig. Förut tyckte Marlene synd om henne. Nu var hon mest irriterad.

Pia tog in Soraya och gjorde iordning henne medan Marlene gjorde klart i stallet. De gick ut med hästen.

"Vi kommer antagligen att sälja stallet. Jag ska försöka ordna så att Soraya och Miranda kan stå i ett stall bredvid ridskolan."

Pia verkade inte bry sig så mycket om detta besked. Hon hade fullt upp med att komma upp i sadeln och att rida runt en stund. Det skulle säkert ordna sig.

Men Marlene måste prata med Gabriella också. Marlene skulle träffa henne i helgen när Gabriella som vanligt skulle rida lektion. Då måste hon komma ihåg att berätta. Det var egentligen inte så mycket deras hyresgäster kunde göra åt det hela om de inte skulle gilla idén, men det var ändå bättre att förvarna.

27 Engagemang

Marlene var klar med veckans ridlektioner. Det hade gått över förväntan. Ingen hade klagat för att de fick rida barbacka, tvärtom. Många tyckte det var mysigt. Ingen ramlade heller av trots att det var betydligt svårare att sitta kvar direkt på hästens hala hårrem utan sadel.

Det var en trevlig överraskning att Anette ville börja rida också, tyckte Marlene. Hoppas hon ville fortsätta. Marlene hade inte träffat henne förut men hört mycket om den underliga kvinnan som var med på ridlägret på Ornö förra sommaren. Om inte Vanja och Andreas hade överdrivit måste hon ha förändrat sig jättemycket. Hon var varken tjock eller gnällig, bara lite märklig. Sa konstiga saker.

Men de kunde självklart inte fortsätta utan sadlar. Nu gällde det att införskaffa nya sadlar så snabbt som möjligt. Hur nu det skulle gå till. Några av de stulna sadlarna var av riktigt bra kvalitet. Lydia hade valt att köpa bra sadlar för att få hästarna att hålla längre. Vanja hade hittat några som kunde fungera eller som var deras stulna sadlar. Hon måste fråga Ludde hur de skulle förhålla sig till det.

Marlene promenerade ner till kvarteret Ankaret där hon bodde tillsammans med Ludde. Vissa dagar tog hon bilen, mest om det regnade eller om hon hade bråttom, men det var en promenad på tio minuter och oftast gick hon till fots. Det var skönt ute, luften var frisk och lätt att andas. Det bästa med den annalkande hösten var att det blev svalt och fräscht och att den fuktiga värmen lättades upp. Det blev lättare att röra sig. Svalt men ännu inte kallt. September var helt klart en favoritmånad.

Utanför pizzerian stod en polisbil och hon undrade vad som hade hänt men motstod impulsen att försöka kika in, utan fortsatte förbi i samma raska takt som hon alltid rörde sig och gick upp till kvarteret Ankaret. Lägenhetsdörren var öppen och Ludde satt i soffan framför tv:n som vanligt.

"Varför står det en polisbil utanför pizzerian?"

"Vet inte. Jag är ledig."

Så klart kunde inte Ludde hålla reda på allt. Hon skulle väl få reda på det så småningom.

"Lydia vill att jag ska ta över ridskolan. Hon flyttar med Hans till Skåne."

Ludde fortsatte att kolla på tv:n. Det verkade vara sport. Vad annars?

"Vad tycker du?"

"Det får du bestämma själv."

Så klart att hon fick bestämma själv.

"Jag vill bara veta vad du tycker. Det vore trevligt om du kunde intressera dig för något annat än ishockey någon gång ibland."

Marlene var jämngammal med Vanja – alltså trettio år fyllda. Till skillnad från Vanja längtade hon efter barn. Vanjas graviditet påminde henne. Och tiden gick. Om hon skulle skaffa barn med Ludde ville hon att han skulle engagera sig mer i deras gemensamma liv och att han också verkligen ville ha barn. Kanske ville hon bo i hus då också.

"Om vi ska ha ett liv tillsammans. Och familj."

Äntligen verkade han flytta huvuddelen av sin koncentration från tv-skärmen till Marlene.

"Är du med barn?"

"Vill du ha barn, Ludde? Det är det som är frågan."

"Ja, men det är klart att vi ska ha några små barn."

Nu reste han på sig och gick emot henne med utbredda armar.

"Ska vi göra några på en gång? sa han i det han omfamnade henne och tryckte sig mot henne.

Hon kunde inte låta bli att le. Han var ändå väldigt rar.

"Då ska jag sluta med p-pillren. Om du är säker."

"Klart jag är säker. Ska bara se klart matchen så kommer jag. Men vi kan ändå öva."

Marlene skrattade.

"Det kan vi. Men jag måste fundera över det här med ridskolan. Och hur jag ska få tag på sadlar framför allt."

"Är det du som ska göra det?"

"Hmm, men jag har bett Vanja hjälpa mig, hon är bättre på att göra affärer än vad jag är. Är inte rädd för att pruta och så. Jag måste fråga dig, hon har hittat en annons som kanske är ridskolans stulna sadlar."

"Vi kan prata om det sen."

"Nu ska vi sälja stallet också så får vi pengar att använda tills försäkringsbolaget behagar punga ut med ersättningen."

Marlene gick ut i köket, bredde sig ett par knäckebrödsmackor och satte på tevatten.

"Vill du också ha te."

"Nej, tack. Jag dricker bara te när jag är sjuk."

Hon förstod aldrig om det där skulle vara ett skämt. Ludde hade lite konstig humor ibland men hon brukade inte bry sig. Hon släppte det.

28 Rånet

Pizzerian i Tungelsta låg mitt i byn, nära tågstationen
och Coop, ett par hundra meter från kvarteret Ankaret.
Ali Khalil hyrde lokalen och drev pizzerian. Han hade
kommit till Sverige från krigets Irak för flera år sedan
tillsammans med sin farbror. Såväl hans mamma som
hans pappa hade dödats av IS och hans två bröder hade
blivit kvar i Irak.

Ali var förstås egentligen ingen pizzabagare men han
hade jobbat extra på en pizzeria under skoltiden och
lärt sig hur det gick till. Han tänkte att det var en paus,
att han skulle plugga sen och "bli" något, men han
gillade jobbet och tänkte att så länge han gjorde det och
så länge han tjänade pengar var det ingen brådska med
studierna. Han visste inte heller vilket yrke han skulle
satsa på.

I början hade han gjort allt själv. Jobbat jämt. Till den
dagen för något år sedan då Sabina hade knackat på och
frågat om han behövde hjälp. Sedan dess hade hon
jobbat hos honom på kvällar och helger. Till en början
skötte hon de enklaste arbetsuppgifterna, disk,
städning, och betalning men hon lärde sig snabbt och
nu kunde hon fixa både pizzor och annan mat.

Han tyckte om att ha henne där. Hon sa inte så
mycket och det var skönt. Ali gillade inte tjejer som
skulle snacka hela tiden och han var inte så pratsam

själv heller. Däremot pratade de om viktiga saker när de väl pratade. Om livet och döden, om släkt och vänner och han hade förstått att Sabina inte hade haft det så lätt under sin uppväxt, med missbrukande föräldrar. Han hade berättat för henne om sitt liv och hur de hade flytt från sitt hemland och så småningom kommit till Sverige. Hon hade blivit hans vän.

Sedan någon månad tillbaka hade han dessutom hjälp av Mathilda, som fortfarande gick i skolan. Hon kom och hjälpte till med disken och kassan när inte Sabina jobbade. Det var inget större fel på Mathilda men hon var en typisk tonåring och han fick tala om för henne vad hon skulle göra hela tiden.

Nu hade han skickat hem henne för en stund sen. Det var en knapp timme kvar till stängningsdags och inte så många kunder den där sista tiden. Det blev bara irriterande att ha någon som stod där och hängde när han skulle städa och plocka undan och stänga för dagen. Inte som när Sabina var där. Hon tog egna initiativ, städade, plockade fram och fyllde på, eller plockade undan om det var dags att stänga. Dessutom var hon både trevlig och söt. Särskilt nu när hon hade lagt bort den där emo-looken hon hade haft när han såg henne första gången. Hennes enda fel var att hon bodde ihop med den där idioten. Pärra hette han visst. Det var för Ali helt obegripligt hur hon kunde se något positivt i honom. Men smaken var olika. Det fick man respektera.

Han hade precis lämnat ut två Kebabpizzor och börjat sopa golvet när dörren öppnades. Han stod med ryggen mot dörren så han vände sig om för att visa att han hade noterat gästen. När Ali såg honom stelnade han till och det började susa i huvudet. Den här gästen skulle definitivt inte köpa någon pizza. Mannen som just kom in i lokalen hade en svart luva nerdragen för ansiktet med hål bara för ögon näsa och mun. Ali kände hur det drog och slet i bröstet och benen kändes som gelé när han började förstå vad som höll på att hända. Minnesbilder från långt tillbaka i tiden tog över hans hjärna. Ett annat land, ett annat liv. Ali visste att det var annorlunda men han hade ingen nytta av sitt förnuft för tillfället.

Ali, hade sett sina föräldrar bli skjutna när han var ett barn. Han brukade undvika att tänka på det, han hade lyckats ganska bra att förtränga den fruktansvärda händelsen, men nu blev han påmind och skräcken var förlamande.

"Lägg dig på golvet", skrek mannen. Han hade egentligen inte behövt säga något, för Ali sjönk ihop av sig själv och tappade sopkvasten.

Mannen gick fram till kassaapparaten.

"Hur får man upp den här?" undrade han.

"Knappen till höger", viskade Ali. Han försökte prata men stämbanden fungerade inte, det kom inget ljud.

"Va! Kom hit!" skrek mannen.

Ali försökte ställa sig upp men benen bar honom knappt. På något sätt tog han sig ändå fram till kassan, stödde sig mot bord och stolar, och kunde öppna kassaapparaten. Det kändes som en lättnad att mannen bara var ute efter pengar. Mannen rev åt sig pengarna som fanns i kassan. Det var mest växelkassa. De flesta kunderna betalade med kort. Det var nog inte mer än två-tre tusen kronor och med dem i fickan försvann mannen ut igen. På vägen ut knuffade han till Ali hårt, så att han ramlade, slog huvudet i stengolvet och tappade medvetandet för en kort stund. När han vaknade till liv igen och mindes vad som hade hänt kände han hur hjärtat slog som om det höll på att hoppa ur bröstet på honom. Han drog efter andan allt vad han orkade men han kunde knappt få i sig någon luft alls. Tänkte att han måste ringa polisen. Kanske en ambulans. Han tog upp sin mobil ur fickan och slog 112, numret till räddningstjänst, sen snurrade det rejält i huvudet och så blev det svart.

Sabina steg som vanligt av bussen på Stationsplan och skulle gå hem, men bestämde sig för att ta vägen förbi Pizzerian för att säga hej till Ali. När hon närmade sig försökte hon se in genom fönstret. Kanske kunde hon få en skymt av Ali som alltid jobbade på kvällarna. Men ikväll var något annorlunda. Hon kunde inte se honom.

Var fanns han? Mathilda syntes inte heller till, men ljuset var fullt påslaget, som om det fortfarande var öppet. En hård knut i magen gjorde henne illamående. Hon gick närmare. Nu hördes sirener på avstånd, blåljus som närmade sig och så en polisbil som svängde in framför pizzerian. Hennes första tanke var att något hade hänt Ali. Hon gick närmare. Hon måste få veta vad som hänt så hon öppnade dörren, gick in och ropade:

"Ali!"

Men hon fick inget svar. Hon såg sig om i lokalen. Mitt på golvet låg en sopkvast. På golvet bakom kassadisken stack ett par fötter fram och hon kände igen Alis skor. Hon tyckte sig höra ett svagt stönande.

"Ali!" ropade hon igen, samtidigt som hon gick fram till kassan.

Ali låg på golvet. Han verkade vara vid medvetande och hon föll på knä bredvid honom. Hans ögon var vidöppna men han verkade inte se henne. Han vände ansiktet mot henne. Ögonen såg tomma ut. Hans gulbruna ansiktsfärg hade bytts ut mot gråbeige. Hon försökte se om det fanns blod eller något annat tecken på vad som hade hänt honom men hon kunde inte se något. Samtidigt som hon blev matt av oro var situationen välbekant och hon vände oron till handling. Hon övervann snabbt sin svaghet och agerade nästan på automatik.

När hon var tonåring hittade hon ofta sin mamma
däckad när hon kom hem från skolan. Då måste Sabina
hjälpa henne, försöka få upp henne i soffan eller
sängen. Hon fick städa undan efter henne och själv
ordna med mat. Att ta med någon hem var inte att
tänka på. Många gånger orkade hon inte och då gick
hon hem till mormor istället. Kanske hade tanken fötts
redan då i hennes undermedvetna. Tanken att vilja
hjälpa andra. Den outtalade plan som sen fått nytt
bränsle när hon själv fick hjälp på sjukhuset – tanken på
att utbilda sig till sjuksköterska.

"Ali! Hur är det med Dig? Vad har hänt? Är du
skadad?"

Hon fick inget svar men poliserna hade klivit ur bilen
utanför pizzerian och kom in i lokalen.

"Vem är du? Vad gör du här?"

"Vad är det som har hänt? Jag brukar jobba här och
gick förbi och såg att något har hänt."

"Var du här när rånet begicks?"

"Rån? Har det varit ett rån? Stackars Ali. Nej, jag
kom nu."

"Vi vill ställa några frågor. Kan du vänta en stund?"

Sabina nickade och satte sig vid ett av borden i
serveringen."

Nu hördes nya sirener och en ambulans stannade
utanför. Sabina ville gå fram till Ali och krama honom
men hon satt kvar och väntade som polisen sagt åt

henne. Efter en stund kom den ena polisen, en kvinna i fyrtioårsåldern, fram och satte sig mitt emot Sabina. Hon fick svara på frågor om sin roll och vad hon hade sett men hon hade inte mycket att bidra med.

"Lämna namn och telefonnummer. Sen måste du gå. Vi kanske hör av oss och vill prata mer med dig sen."

Sabina gick ut ur lokalen och fortsatte hem till lägenheten. Benen kändes som gelé och tankarna jobbade frenetiskt. Hon tänkte på Bärra och hans snack om att råna pizzerian och undrade om han hade menat allvar. Hade han fått med sig Pärra och verkställt sina planer? Men Pärra låg som vanligt på soffan i något slags halvdvala med tv:n på när hon kom in i lägenheten. Hon smög förbi honom in på toan, duschade och kröp i säng utan att väcka honom.

Nästa morgon var det på nyheterna:

> Pizzeria i Tungelsta rånad –
> ingen gripen ännu. Polisen är
> förtegen när de får frågan om de
> har några spår.

Sabina kanske skulle ringa till polisen och berätta att Bärra hade pratat om att råna pizzerian? Det vore rätt skönt att få Bärra ur vägen. När hon tänkte på att han kanske hade överfallit Ali och haft mage att råna pizzerian där hon jobbade, gjorde det henne skogstokig. Vem kom förresten på idén att råna en pizzeria nuförtiden? Det visste väl alla att det knappast var någon som betalade med kontanter? Särskilt smart var inte Bärra och det var inte helt otänkbart att han var den skyldige. Hon fick lust att sätta dit Bärra eller helst av allt slå honom eller skjuta honom. Men om hon anmälde honom och de inte fick honom dömd, då kanske han skulle försöka hämnas? Hon visste att han redan tyckte att hon var en jobbig djävul, det visste hon. Bärra tyckte att Sabina hade stulit hans bästa polare. Hon litade definitivt inte på honom. Nu visste hon ändå inte om hon ville ha kvar Pärra och kanske var det dags att lämna tillbaka honom i vart fall. Hon visste inte längre vad hon skulle ha honom till.

29 Gabriellas träning

Veckans höjdpunkt närmade sig. Gabriella hade gjort Monty extra fin. Hon hade tvättat svansen och flätat manen, lindat alla fyra benen med vita lindor. Det var dags för veckans träning och då ville hon att han skulle vara extra fin. Hon tryckte in näsan i hans hals och drog in doften. Han var varm, pälsen var mjuk, han luktade underbart och världen stod stilla en stund, innan hon satte foten i stigbygeln och klev upp i sadeln och började värma upp sin häst.

Det var fortfarande mulet men när hon hade ridit en stund kom solen fram och hon blev varm och fick ta av sig jackan och hänga den på en buske bredvid ridbanan.

Efter en stund kom Marlene gående från stallet och lektionen kunde börja. Detta upprepades varje lördag och det var pirrigt och spännande men alltid roligt.

"Ta tyglarna och kom fram i trav och rid lätt", sa Marlene.

En halvtimme senare var Gabriella lika svettig som Monty.

"Bra jobbat idag, båda två", sa Marlene.

Hon tog jackan från busken där Gabriella hade hängt den och gick fram med den till Gabriella som hade skrittat klart och suttit av.

"Jag har något jag måste berätta för dig också. Vi kommer antagligen att sälja stallet."

"Vanja sa det. Men hur ska det gå för mig då? Jag måste få fortsätta träna och jag har ingen egen trailer."

"Jag tänkte att vi försöker hitta en plats åt dig i något av stallen bredvid ridskolan."

Lite oroligt kändes det, men Marlene verkade lugn så hon fick förlita sig på det.

"Jag ska rida Soraya nu, Måste trimma lite. Jag ska tävla med henne i morgon."

"Va kul!"

"Vill du följa med? Jag behöver någon som är med och hjälper mig."

"Får jag?"

"Fast Pia kanske vill följa med. Det är ju hennes häst. Då kanske du inte vill?"

"Helst inte. Vill helst inte träffa henne."

"Förstår det. Jag kollar med henne så kan jag höra av mig."

Marlene gick före mot stallet. Gabriella ledde Monty tillbaka, sadlade av, hämtade en hink med vatten och en svamp och tvättade av svetten från sin häst. Hon ryktade och la på täcket. När hon var klar släppte hon ut honom i hagen igen.

Hur skulle hon kunna slippa träffa Pia? Hon skulle säkert dyka upp både här och där. Det behövde hon lösa.

30 Stallplatser

Solen värmde fortfarande skönt och Marlene kände sig nöjd med lektionen. Gabriella och Monty hade utvecklats fint under de två åren som de hade tränat för Marlene. I början var det nästan som ren nybörjarridning. Gabriella var rädd och orolig och Monty var inte mycket utbildad. Marlene hade ridit honom ibland för att han skulle förstå, annars hade det blivit för svårt, om Gabriella skulle utbilda hästen samtidigt som hon lärde sig själv. Ridning var så mycket känsla och det var svårt att beskriva en känsla som man aldrig hade upplevt.

Nu hade Gabriella en fin, stadig sits och Monty gick stadigt på tygeln i alla tre gångarterna. De hade börjat träna skänkelvikning och förvänd galopp och Gabriella hoppades att hon skulle kunna åka ut och tävla med sin häst om en inte alltför avlägsen framtid. Efter att Marlene hade avslutat lektionen med Gabriella gick hon tillbaka till stallet och hittade både Vanja och Andreas där. Vanja höll på att packa höpåsar och Andreas var på väg in med Cider.

”Va bra att ni är här. Kan inte ni åka och kolla upp stallplatser sen?”

”Det är inga problem. Kan inte du följa med?”

”Jag måste göra iordning Soraya till tävlingen i morgon och jag har inte mockat och ridit ännu. Ludde ville att jag skulle komma hem tidigt, hade nån överraskning, sa han."

Marlene skrattade. Han skulle fixa en romantisk middag, trodde hon. Det kändes som om han hade börjat bry sig mer om deras förhållande sedan deras lilla samtal häromdagen.

"Vi åker och kollar, sa Andreas. Det räcker att du och jag åker, Vanja. Om du litar på oss ifall vi bestämmer något, Marlene?"

Marlene bekräftade att det fick hon lov att göra i så fall. De hade redan pratat om de två småstallen bredvid ridskolan, att Marlene gärna ville ha både Soraya och Miranda där och att Gabriellas Monty också behövde en plats i närheten.

När Marlene hade gjort rent åt sina hästar tog hon in Soraya. Först skulle hon rida igenom henne och kolla så att hon var mjuk och lösgjord och sedan korta av henne en stund och rida igenom rörelserna som var med i programmet i morgon, framförallt skolor; öppna och sluta, men även kolla bytena satt som de skulle. Därefter var det dags att tvätta av hästen och fläta manen. De skulle åka tidigt i morgon och då var det bäst om allt var klart.

Hon undrade vad Ludde hade hittat på. Spännande och lite pirrigt.

31 Sondering

När Vanja hade ridit klart och ställt ut Ametist i hagen igen var hon trött och svettig men nöjd. Det kunde vara motigt att ta sig för att rida, men när hon väl satt på hästen ångrade hon sig aldrig.

Hon sköljde av bettet, hängde in sadel och träns i sadelkammaren och putsade av dem. Sen plockade hon undan sina ryktgrejor och sopade stallgången efter sin häst. Andreas, som hade tagit en skogstur med Asta, kom ridandes.

"Är du hungrig, Andreas? Jag kan åka och hämta något."

"Har inte hunnit känna efter, men vi måste äta och dricka något nu."

"Vad vill du ha? Pizza?"

"Pizzerian är stängd. Polisen har spärrat av. Den hade visst blivit rånad igår. Jag tror att han som har den hamnade på sjukhus."

"Men va fan! Först sadlarna och sen pizzerian. Har Tungelsta blivit en sån där djävla gettoförort?"

"Svär inte så mycket, Vanja. Det är inte säkert att det hänger ihop."

"Jaja, magistern. Men vad ska vi äta då? Hamburgare? Cola?"

"Hamburgare blir bra, men du vet att jag inte dricker Coca Cola. Juice vill jag ha i så fall.   Om det är okej."

"Jaja. Man dör inte av att dricka läsk ibland. Vill du ha något?" ropade hon till Marlene som höll på att fläta Sorayas man.

"Hinner inte. Jag lovade Ludde att vara hemma före fem. Tror han ska bjuda på något gott, sa hon och log."

"Vad är det för djävla smörande. Tänk om man hade det så bra."

Hon satte sig i sin gamla Volvo och åkte upp till korvkiosken i Tungelsta, handlade och körde tillbaka till Vädersjö. Andreas hade under tiden blivit färdig och de satte sig på bänken utanför stallet och åt. Solen hade kommit fram, det var nästan vindstilla och det var riktigt skönt i solen.

"Nä, nu är klockan mycket. Vi får snabba på om vi ska bli klara någon gång."

Andreas verkade vara otålig som vanligt.

"Har du bråttom? Ska du få besök?"

Andreas skakade på huvudet.

"Inte vad jag vet. Vi ska hinna tillbaka och fodra i hyfsad tid också. Och det blir mörkt om ett par timmar."

Vanja plockade ihop skräpet efter den lilla måltiden och slängde det i soptunnan som stod innanför dörren i stallet.

"Vi får ta in hästarna innan vi åker", sa hon.

Andreas tog sina båda hästar. De gick i samma hage, så han tog en i var hand och gick in med dem. Vanja hämtade in Ametist och Monty. Marlene hade lämnat

Soraya en stund och gått för att ta in Miranda. Det hela var klart på fem minuter. Insläppsfoder låg redan i boxarna.

"Du kan lämna din gamla Volvo här så tar vi min lilla snabba Japan och kollar runt i stallarna vid ridskolan."

De satte sig i Andreas röda Toyota och åkte ner till byn och vidare upp till ridskolan och parkerade där. Det var lördag och ridlektionerna hade klarats av på förmiddagen. Nu var det inga bilar där och det verkade inte vara något folk heller. Bredvid ridskolan låg ett litet privatstall och dit gick de nu. Det lös i stallet och dörren stod öppen.

"Hallå", ropade Vanja i dörren.

En bit in i stallet stod en häst uppbunden och en kvinna som var sysselsatt med att rykta tittade upp och fick syn på dem. Vanja kände direkt igen henne, visste att hon brukade använda ridskolans ridhus och ridbana.

"Sofia, hej! Är det här ditt stall?"

När de hade berättat att de sökte stallplatser visade Sofia runt dem och berättade om rutiner och priser. Det fanns fem boxar. Inredningen var ganska enkel, boxarna var hemmabyggda, men det var rent och snyggt och välvårdat.

"Jag har inga inhyrningar, men jag har tre egna hästar och en av dem ska föla till våren så just nu är det två platser lediga."

"Det borde passa för Marlenes Miranda. Hon ska också föla till våren. Det vore bra om de kunde ha sällskap av varandra. Blir nära för Marlene också. Hon kan ha Soraya här också, kanske."

.   De lovade att höra av sig och gick därefter till ett annat mindre privatstall på andra sidan ridskolan. I det stallet fanns 3 boxar. I två av boxarna låg sågspån på golvet och en hög med hö, den tredje var tom. Men ingen var i stallet så de knackade på i huset som låg bredvid. Kvinnan som öppnade dörren presenterade sig som Maria och verkade först tveksam men när de berättade vilka de var och att de hade ett eget stall nu, sa hon att hon kunde tänka sig att hyra ut en box. De tackade, lovade att snart höra av sig och lämna besked.

"Där kanske Gabriella kan ha Monty? Så slipper hon i alla fall dela stall med Pia."

Vanja skrattade lite torrt.

"Så vad gör vi nu? Tre platser i två olika stall. Det är ändå schysstast om Marlene får ha sina hästar närmast ridskolan?"

"Jag vill gärna stå där du står, Andreas. Det skulle vara tråkigt att inte ha dig som stallkompis och ridsällskap."

"Då får du och jag försöka hitta något annat. Ska vi åka ner till Ekeby och fråga? Då behöver man inte anpassa sig efter ridlektionerna heller."

"Men det blir djävligt långt ..."

"Det är tre kilometer extra, Vanja. Och de har ridhus där. Du tar ändå bilen till stallet. Det är inte mycket längre än till Vädersjö."

"Det förstås. men då har vi lik förbannat inte hästarna tillsammans med Marlene."

"Spelar roll! Du och jag rider på kvällarna och då jobbar Marlene för det mesta. "

"Visst. Du har rätt så klart. Inte mycket annat att välja på heller. Okej, ska vi åka ner direkt?"

De gick tillbaka till ridskolan och hoppade in i Andreas Toyota och fortsatte Söderbyvägen ner till Ekeby. På Ekeby fanns flera olika stallar och de bestämde sig helt enkelt för att gå runt och fråga. I det gamla stenstallet fanns några lediga platser och de bestämde sig direkt. Det verkade riktigt bra och redan nästa månadsskifte kunde de flytta in.

"Jag ringer Marlene, sa Vanja. Det är bäst att hon bestämmer själv. Hon får prata med Pia också. Gabi kan ringa själv till den där Maria. Så kan jag ringa den där Netterström sedan och säga att vi kan göra affär. Till och med tidigare än han ville."

"Vänta bara så att det är klart med stallplatserna innan du ringer honom. "

"Jaja. Hur har du det med Ola förresten. Man får aldrig höra något. Träffas ni?"

"Tjao, det gör vi. Men inte varje dag precis."

"Skulle du vilja det då?"

"Jag vet inte, Vanja. Men det hade varit trevligt om han visade något slags intresse."

"Spola honom! Det är ingen mening att gå och vänta på att någon ska börja bry sig om dig. Det där har vi pratat om."

"Ja, jag borde göra slut. Men hur är det med Rasmus?"

"Honom har jag skickat tillbaka hem till mamma."

"Näh! Varför då?"

"Jo jag har gått och blivit med barn och han är inte "mogen" att bli pappa. Så jag tänkte att om han är en sån barnunge är det bättre att han stannar hemma hos mamma."

"Ärligt? Är du gravid?"

"Hmm."

"Men det är väl jättekul, Vanja."

"Nu tycker jag det, men det var ju inte meningen så jag blev lite överrumplad kan man säga."

"Hälsa Rasmus att han är en idiot."

"Haha, ja det ska jag göra om jag ser honom. Synd att du inte är hetero, Andreas. Tror du inte att vi hade blivit ett perfekt par?"

Andreas skrattade och slog ut med händerna.

"Kan tyvärr inte göra något åt det."

Vanja skrattade också. De förstod varandra. De kände varandra. Men för Vanja var det inte bara ett skämt. Andreas var snygg och trevlig och en av hennes bästa vänner. Innan hon visste att han gillade killar hade hon haft en förhoppning om att de skulle bli ett par. Fast det hade hon aldrig berättat för Andreas. Det vore alldeles för pinsamt.

"Ja, Vanja, det är riktigt synd att jag inte gillar tjejer. Vi skulle trivas super tillsammans. Bara du inte svor så förbannat."

Vanja skrattade.

Andreas startade bilen och de gav sig av för att ge sina egna hästar kvällsfoder. Det tog bara ett par minuter att lägga in kvällshö till hästarna. Vanja tog sedan sin Volvo som stod parkerad utanför stallet och åkte hem till en ensam kväll framför tv:n med en öl och något lättlagat. Hon hade några ägg i kylen och lite svamp i frysen. Den kunde hon fräsa på tillsammans med en omelett. Det skulle sitta perfekt med en öl och ett par knäckebrödsmackor till.

När Rasmus ringde en stund senare tänkte Vanja först inte svara. Nyfikenheten blev emellertid för stor, vad kunde han vilja?

"Vanja, jag har tänkt på det du sa. Jag är faktiskt en barnunge, jag är inte så gammal och jag bor fortfarande hos min mamma. Men jag vill inte vara utan dig. Jag kan ändra mig."

"Det skulle du ha tänkt på tidigare."

Vanja kände irritationen stiga, men det var egentligen inte Rasmus hon var irriterad på utan på sig själv, för att hon var så oresonlig, så tjurskallig, så stolt. Irritationen spillde emellertid över på Rasmus. För att han fick henne att bli sån.

"Men jag säger att jag kan ändra mig. Jag har tänkt en del. Du kan väl ge mig en chans?"

Vanja funderade några sekunder, kände att hon höll på att vekna. Sen sa hon bara "hejdå" och la på luren. Och så fort hon hade gjort det förbannade hon sin stolthet.

32 Svek

Lägenheten var tom. Andreas undrade om Ola tänkte höra av sig. Om han ville komma. Det var snart en vecka sedan de sågs. Han hade väl inte gjort något dumt? Ola hade varit som vanligt sist de sågs. Om Ola ville komma i kväll skulle de kunna äta något gott tillsammans. Då måste han laga något. Han var ingen mästare i köket direkt men han kunde i alla fall fixa en köttbit och pommes. Fast i så fall måste han veta om Ola tänkte komma. Skulle han ringa? Tankarna malde runt i huvudet. De hade inte bestämt något. Kanske skulle han bara hitta på något själv. Och strunta i Ola. Eller skulle han ringa? Om Ola ändå kunde ringa själv någon gång. Andreas hatade verkligen att känna sig efterhängsen. Och nu kände han sig som en gammal ABBA-sång, "Ring, ring, bara du slog en signal". Men om han inte frågade fick han ingen ro. Han tog fram sin telefon och letade fram Ola bland sina kontakter. Ett sms kanske? Vad skulle hans skriva för att visa lagom mycket intresse? "Kan vi ses i kväll?" – Nej, det blev för mycket. Han skrev "Läget? Vad händer i kväll?" Och skickade. Sen satt han i tio minuter i soffan och tittade på sin telefon. Tog upp den och kollade med jämna mellanrum, för säkerhets skull, så han inte skulle missa om han fick svar, men telefonen var lika livlös som hans vissnade krukväxter. Han tänkte på det Vanja sa – att han borde göra slut. Skulle han det? Han fick ont i magen, inte bara av den tysta telefonen utan av hungern som sved och han blev medveten om att han måste äta något. Han bestämde sig för att gå ner till fiket och äta något och dricka en öl.

Han hade precis ätit upp maten när han såg honom. Han kom från parkeringen på stationsplanen och var på väg mot pizzerian. Andreas var på väg att resa sig och gå ut och ropa på honom när han fick se en blond tjej springa ikapp honom och pussa honom på kinden. Ola la armen om henne. Andreas blev iskall. Det kändes som om han just rest sig från en dypöl bara för att bli nertryckt igen av en jättehand och han hörde Jante viska i sin hjärna "Du tror väl inte att du är något?"

33 Tävlingen

Klara dagar som denna var det kyligt på natten och Marlene fick skrapa rutorna innan hon körde hemifrån. Det var fortfarande minusgrader när hon kom fram till stallet och låsen på trailern hade frusit. Hon fick varken upp låset till dörren där fram eller till baklemmen. Hon gick och hämtade en hammare och med milt våld fick hon till slut upp dem. När hon hade hängt på trailern, hängt in ett hönät och hämtat in Soraya kom Gabriella cyklande med andedräkten som ett moln framför sig. De hjälptes åt att göra i ordning hästen, sadlade, hängde in tränset i bilen. Marlene kollade att hon hade rätt hästnummer på vojlocken och hängde in hjälmen. Ridjackan hängde redan på handtaget ovanför dörren. Hon satte på sig de nyputsade stövlarna och sporrarna.

"Ska hon ha sadeln på sig?" undrade Gabriella.

"Det är så kort bit. Enklare så, än att stå och sadla på tävlingsplatsen när hon kanske är orolig och inte vill stå still."

Det var dags att lasta och Soraya gick in direkt utan att tveka.

"Vad duktig hon är", sa Gabriella.

"Hmm, vi har tränat. Det räcker med stress ändå när man ska iväg och tävla. Det blir bara jobbigt om man inte vet säkert att hästen går in."

De satte sig i bilen och Marlene styrde iväg mot Södertälje och den väntande debuten i Medelsvår B. Hon hade tränat och programmet borde sitta som en smäck. Sen visste man aldrig hur det skulle gå när man skulle rida på en plats där hästen inte var van att gå. Dessutom kunde hon inte förhindra att hon själv var nervös och det överfördes direkt till hästen även om hon försökte slappna av. Lite nervositet var också bra för att anstränga sig extra.

De hade lämnat Tungelsta och passerat infarten till Sorunda när Marlene lade märke till en mörk skåpbil med utländska nummerplåtar som verkade ha kört i diket. Hon tyckte att det stod PL, Polen, och det var något långt in i hennes hjärna som började jobba. *Mörk skåpbil.* Ludde hade sagt något om en mörk skåpbil. Det handlade om sadelstölder och polisen hade spårat en liga som kom från Polen och som åkte hit och stal sadlar och sen körde till Polen med dem. Hon hade velat stanna och kolla bilen men det funkade dåligt att stanna på den kurviga vägen med en häst i släpet. Dessutom hade hon en tid att passa. Hon kunde ta det med Ludde när hon kom hem.

De kom fram till tävlingsplatsen i god tid och Marlene kunde rida fram i lugn och ro. Hon började med att skritta en god stund för att få hästen att slappna av och fortsatte sedan att jogga henne i långsam trav i låg form. Soraya kändes fin. Hon var lite spänd i början men det gick snabbt över när Marlene hade jobbat igenom henne en stund och fått henne avslappnad och lösgjord. När Soraya var uppvärmd efter en stund saktade Marlene av och lät Soraya skritta på lång tygel.

Hon kollade klockan. Hon hade starttid kvart i tio och klockan var fem i halv. Det var lagom att ta tyglarna och korta upp hästen för att rida igenom rörelserna och kolla så att det flöt på som det skulle. Marlene red öppna och sluta, tempoväxlingar och galoppombyten. Det kändes bra och Marlene kände hur nervositeten släppte och hur hon kunde tillåta sig att njuta lite av känslan att få hästen att dansa med henne, att bli ett med hästen.

På något vis blev det som om hon måste visa Gabriella hur det skulle gå till och därför red hon bättre än hon brukade, red fram till domaren och passerade fram och tillbaka några gånger så att Soraya inte skulle titta när hon red sitt program. Så fick hon startsignal och red upp på medellinjen i samlad galopp.

Några minuter senare sken hon som en sol, det hade gått över förväntan. Hon klappade Soraya och skrittade av henne på framridningen.

"Så fin hon är. Så duktiga ni var."

Det var Pia som närmade sig, följd av Vanja. De hade dykt upp på tävlingsplatsen utan förvarning. Pia hade visserligen frågat var tävlingen skulle hållas. Sen hade hon antagligen själv letat rätt på starttiden på Equipe. Gabriella, däremot, syntes inte till.

"Ja, ni behöver inte skämmas för oss idag", svarade Marlene.

Hon hade skrittat klart och satt av Soraya.

"Kul att du ville komma och kolla", sa hon till Vanja. "Vill du ta hennes sadel och lägga in den i bilen?"

"Det var Pia som frågade när jag kom till stallet. Kunde vara kul när jag fick skjuts och så."

Hon tog av sadeln och la in den i bilen. Sen stängde hon bakom hästen som Marlene under tiden hade lett in i släpet.

"Hur gick det med stallplatserna igår, förresten?"

"Vi kan ta det sen i lugn och ro men det finns plats bredvid ridskolan. Andreas och jag flyttar nog till Ekeby."

"Hade varit roligare att ha er närmare men vi rider nästan aldrig samtidigt ändå. Såg ni förresten den där skåpbilen som hade kört i diket strax efter Tungelsta?", sa Marlene.

"Kanske. Tror det. Strax efter Sorundavägen, va?"

"Kan ni kolla den på hemvägen? Ludde har sagt något om att de har sett en sån bil i samband med sadelstölderna."

Pia stod utanför släpet och matade Soraya med morötter som hon hade i sin ficka. Marlene såg sig omkring och försökte få syn på Gabriella men hon verkade vara försvunnen. Hon försvann när Pia kom och Marlene förstod att hon var tvungen att göra sig av med Pia.

"Vi ses sen då», sa hon. "Jag ska bara hämta protokollet, så åker jag hem." Sen vände hon om och gick med bestämda steg mot sekretariatet.

Pia och Vanja gick iväg mot parkeringen. Utanför sekretariatet stod Gabriella och kollade på sin telefon. Hon hade tydligen redan kollat resultatet, för hon sa:

"Du leder, Marlene. Du fick 68 procent."

"Oj, då får vi stanna ett tag."

"Har Pia åkt?"

Marlene hade rätt i sitt antagande om varför Gabriella hade varit "försvunnen". Hon orkade inte träffa sin pappas mördare. Det kunde Marlene förstå men det kändes som en ohållbar situation. Hon måste försöka lösa den men inte nu.

Hon nickade.

"De åkte nyss."

34 Fyndet

Vanja åkte med Pia i hennes cityjeep. Egentligen hade hon en del att säga om cityjeepar som bland annat handlade om att city och jeep inte alls hörde ihop, men hon var tvungen att erkänna att man färdades bekvämt.

"Vad var det om den där bilen?", undrade Pia, som antagligen inte hade lyssnat så noga när Marlene bett dem stanna och kolla.

"De har fått sadlarna stulna på ridskolan och polisen har satt en sån där skåpbil i samband med sadelstölder. Jag säger till när vi närmar oss, så kan du stanna en bit därifrån."

Pia nickade. Efter en stund svängde de in på vägen mot Tungelsta, även kallad *Slingerbulten,* eftersom den var så kurvig. Här gillade motorcyklisterna att åka och om det var halt var det säkert lätt att få sladd och åka av vägen. Som den där skåpbilen tydligen hade gjort.

"Nu är vi snart där. Det finns en liten skogsväg här till höger om en stund där du kan stanna. Där."

Pia svängde in till kanten och stängde av motorn. En liten bit längre fram på vägen såg de skåpbilen som stod vid sidan av vägen. När de kom fram gick de runt bilen och kollade, men de kunde inte se något konstigt. Bilen var låst och själva skåpet hade inga fönster så de kunde inte se in i den.

"Kolla där! Vad är det där?"

Vanja pekade in mot skogen. Det såg ut som en hög täckt av en presenning, några stenar, granrisruskor och mossa ovanpå. Fram till högen var det upptrampat, som en stig

och Vanja följde den fram till den konstiga högen och började lyfta på stenar och grankvistar tills hon kunde dra undan presenningen. Och därunder låg några sadlar. Vad var detta? Hon fortsatte att riva undan kvistar och presenning och till slut hade hon blottat ett berg med sadlar.

"Tamejfan. Det är sadlar här under."

Hon vände sig om. Pia stod kvar ute vid vägen. Vanja tittade närmare på sadlarna och tänkte att det kunde vara ridskolans sadlar. Vad skulle hon göra nu? Under tiden hade Pia närmat sig.

"Vad ska vi göra?"

Pia såg skärrad ut.

"Undrar om det är ridskolans. Marlene känner nog igen dem i så fall. Jag ringer till henne."

"Var är du? Frågade hon när Marlene svarade.

"Jag blir antagligen placerad. Så jag får snällt vänta kvar här tills det är klart. Det är tre ryttare kvar och jag ligger tvåa."

"Va kul. Grattis! Det förstår jag, det såg bra ut. Det är du värd."

"Tack! Men vad ville du?"

"Vi har hittat sadlar här. Vid skåpbilen som du ville att vi skulle kolla. Jag vet inte om det är ridskolans."

"Ring polisen. Vi kan ändå inte bara ta sadlarna med oss om det är våra."

Så fort hon avslutat samtalet med Marlene, ringde Vanja polisen och berättade om deras fynd och beskrev var de var.

"Stanna där så skickar vi en bil direkt."

"Alltså jag tror inte jag vill vara kvar om polisen kommer", sa Pia när Vanja hade pratat klart.

Vanja kollade frågande på Pia, sa sen:

"Åk då, så stannar jag."

Pia gick ut till vägen och strax därefter hörde Vanja hur bilen startade och körde iväg.

Schysst att lämna mig här, tänkte hon. Typiskt Pia.

En traktor körde förbi och lämnade efter sig en stank av smutsiga dieselavgaser. Efter ett par minuter ringde Pia.

"Tror tjuvarna är på väg. Mötte en polskreggad jeep. Du kanske ska gömma dig."

Vanja hörde en bil närma sig. Hon skyndade sig att lägga tillbaka presenningen med grankvistarna ovanpå och gick längre in i skogen där hon hukade under en gran. Hon kunde fortfarande skymta högen med sadlar och en bit längre bort vägen. En Jeep stannade vid skåpbilen. Ett par killar klev ur och började tydligen koppla fast någon sorts bogserlina. De sa inte så mycket och Vanja kunde inte uppfatta något, men det verkade som om de skulle dra upp bilen. Tänk om de hann åka innan polisen kom.

Efter en liten stund startade de skåpbilen. Tydligen hade de fått dit en bogserlina. Vanja hörde hur båda bilarna gasade. Skåpbilen slirade utmed dikeskanten men efter några meter fick den fäste och så var den uppe på vägen. De gjorde loss linan och stängde av motorerna. Sen kom de gående mot henne.

Om de där poliserna kunde skynda sig på, tänkte Vanja.

Hon kände hur det knöt sig i magen. Hon sjönk ner mer in under granen och försökte göra sig så liten som möjligt. Vanja hörde en bil närma sig på vägen. Måtte det vara polisen. Bilen saktade in, men sedan körde den vidare. Hon iakttog hur männen drog av presenningen och kvistarna, plockade fram sadlarna och bar bort dem. De lastade in dem i skåpbilen. Vanja fingrade på sin telefon i fickan. Skulle hon våga fota? Ifall inte polisen hann dit. De båda männen hade precis lagt in den sista sadeln när Vanja hörde en bil på vägen igen. Den saktade in och stannade. Polisen. Ett par uniformerade poliser klev ur bilen och gick fram till männen, som hade satt sig i skåpbilen. Skulle hon våga sig fram nu? Hon hörde den ena polisen fråga:

"Pratar ni svenska?"

"Lite. Speak English", svarade den man som satt vid ratten och som hade vevat ner sin sidoruta.

"Is there a problem?" hörde hon polisen fråga.

Vanja gick fram mot vägen.

"De har sadlarna i bilen", ropade hon.

Männen vände sig mot skogen och fick syn på Vanja. Mannen vid ratten vred på nyckeln, men motorn ville inte starta. Han sa något till sin kumpan, varvid de båda gick ur bilen och skyndade sig fram till Jeepen, men nu hade den ena polismannen satt sig i polisbilen och kört fram så att han blockerade vägen för jeepen. Sen gick det snabbt. Männen beordrades ut ur bilen och förseddes med handbojor. Därefter fick de sätta sig i polisbilen.

"Var det du som ringde?" frågade den ena polismannen Vanja. "Vi har kallat på förstärkning. Du får vänta kvar här."

Vanja nickade. Hon hade inte så många alternativ om hon inte ville gå hem. Polisbilen körde iväg med tjuvarna. Vanja slog sig ner i dikeskanten. Efter en stund kom förstärkningen. Det var tre poliser, två av dem satte sig i varsin av de polska bilarna, den tredje körde polisbilen och Vanja fick åka med honom.

35 Gabriellas flytt

Gabriella fick ont i magen bara av att se Pia och när Pia lämnade tävlingsplatsen tillsammans med Vanja. slappnade hon av och kunde njuta av att befinna sig där och titta på alla fina hästar och duktiga ryttare. Marlene tog med henne till cafeterian.

"Vad vill du ha? Jag bjuder."

"Det behöver du inte", svarade hon tyst. Hon ville inte vara till besvär.

"Det behöver jag visst. Du har ju varit med och hjälpt mig. Det minsta jag kan göra är att bjuda dig på fika. Jag ska ha en korv, en kopp kaffe och en chokladboll. Vill du ha samma?"

"Ja, tack!"

När Marlene fick sitt resultat ledde hon klassen men det återstod sju ryttare, så hon måste stanna kvar i en dryg timme tills alla hade ridit klart. Två ryttare hade högre procent men eftersom klassen hade tre placerade fick hon en gul rosett och en stallplakett innan det var dags att ge sig iväg hemåt. Gabriella kände sig stolt över att vara hästskötare, även om det inte var hennes förtjänst att det gått bra.

Gabriella fick ingen ro. Hon klarade inte av att träffa Pia. Hur skulle hon bära sig åt för att slippa se henne? Skulle det lösa sig när de flyttade hästarna? Eller kunde hon göra något annat för att bli av med henne? Marlene hade inte sagt något. Inte om Pia. Och inte om den där mystiska bilen och Gabriella vågade inte fråga. När de körde förbi platsen där bilen stått i diket var den borta och hon såg att Marlene observerade det.

När de kom tillbaka till stallet kollade hon om Pia var där men hon hade tydligen åkt hem igen. Vanja var däremot kvar och berättade för dem om de polska sadeltjuvarna.

"Polisen ville att Lydia skulle åka upp och identifiera sadlarna. I morgon, kanske."

"Då åker jag med, sa Marlene. Vet Lydia om det?"

"Ingen aning, du får kolla med henne. Polisen vill att ni ska hämta sadlarna så fort som möjligt. De ville visst inte ha kvar dem. Tyckte tydligen att det luktade häst och uppskattade inte doften. Konstiga människor. Haha."

Gabriella skrattade för sig själv. Hon tyckte att Vanja var rolig. Det var faktiskt kul att vissa människor kunde tycka att hästar luktade illa. Hon hjälpte Marlene med Soraya. När de hade lastat av, ryktade de henne och släppte ut henne i hagen, Marlene backade in släpet på deras lilla parkering och hängde av det.

"När ska vi flytta hästarna?"

"Vi har sagt till månadsskiftet. Hur så?"

"Jag tänkte om jag kunde flytta tidigare. Jag kanske kan åka och prata med den där Maria?"

"Är det så bråttom? Är det Pia?"

Gabriella nickade.

"Jag förstår dig. Det kan inte spela så stor roll. Det handlar bara om några dagar. Jag kan följa med dig om du vill. Vi kan åka nu direkt så fort vi är klara. Ska du rida?"

"Jag kan åka tillbaka och göra det sen. Eller så kan han vila idag."

"Hoppa in." Marlene höll upp bildörren.

Det tog inte mer än tio minuter att åka upp till ridskolan, där de parkerade bilen. Marlene visste mycket väl vilket stall det var och de gick dit och kikade in. Det var ingen i stallet så de knackade på dörren i bostadshuset intill istället. Maria kom och öppnade. Hon kände genast igen Marlene.

"Är det du som ska flytta hit din häst?"

"Nej det är Gabriella", svarade hon och gjorde en gest mot Gabriella, som räckte fram handen. Men jag kommer också att ha koll. De tränar för mig varje vecka."

"Monty är jättesnäll."

"Är det ett halvblod?"

"Arab." Gabriella sträckte på sig. Hon var stolt över sitt arabiska fullblod även om det fanns många som inte tyckte att araber var något att ha. De hade nog aldrig lärt känna en arab. Det var den snällaste och lojalaste häst man kunde ha.

"Jag har ett par halvblod här, men det ska nog gå bra. De får gå tillsammans i samma hage."

"Han är van vid det. Jag tänkte fråga när jag kan flytta in."

"Du får komma när du vill. Boxen är ju tom."

Gabriella vände sig till Marlene.

"Kan jag flytta idag?"

Marlene såg tveksam ut, men Maria svarade:

"Det går fint. Vi har spån här bakom stallet. Om du vill göra iordning boxen nu så kan du komma med hästen sen."

Gabriella tittade på Marlene.

"Hjälper du mig med grejorna då? Jag kan rida hit genom skogen, men om jag ska cykla med alla mina saker får jag åka många gånger."

"Det fixar vi. Vi kan åka och hämta dina grejor nu, så kan du göra iordning boxen sen. Vi kan slänga in din cykel i bilen."

"Åh, det vore supersnällt."

"Jag ska visa dig var du kan ha dina grejor."

Maria tog på sig en jacka och ett par träskor och gick före ut till stallet.

När Marlene hade släppt av Gabriella med alla hennes saker, inklusive cykeln, plockade Gabriella snabbt i ordning och ströade upp boxen, cyklade tillbaka till Vädersjö, gjorde rent boxen, städade undan efter sig och red Monty till hans nya hem.

Ett par timmar senare var allt klart. Hon hade gått genom skogen och hämtat sin cykel. Gabriella kunde slappna av. Nu hoppades hon att hon skulle slippa stöta ihop med mördarkärringen.

36 Avslöjande

Träningsvärken efter ridlektionen hade äntligen släppt men ett par dagar hade det varit riktigt jobbigt. Anette bestämde sig för att gå ner på fiket och ta en öl. Kanske något att äta också. Hon hade mått ovanligt bra sedan sin ridlektion och hon hade sagt till Marlene att hon ville fortsätta rida i gruppen. Hon beställde en fläskfilé med pommes, tog sin öl och satte sig i hörnet längst in.

"Tjena bruden!"

Hon tittade upp från maten och såg en lång kille med skinnjacka och jeans. Han verkade vagt bekant. Hon visste att hon hade sett honom förut men det måste ha varit några år sen. Han såg härjad ut på något sätt. Om det var att huden i ansiktet var ärrig eller att det långa håret inte verkade ha träffat på någon kam senaste tiden. Håret var ändå ihopsatt med en gummisnodd till något slags hästsvans och han luktade inte illa i alla fall. Han hade en öl i ena handen och slog sig ner mittemot henne. Anette undrade om det var något gammalt ragg eller var hon annars hade sett honom. Han såg rätt bra ut med fina drag och mörka ögon. Lite sliten kanske.

Men vem är inte det, tänkte hon. Skulle duga en regnig torsdag. Eller till och med en söndag fast det inte regnade.

"Känner du inte igen mig?"

"Jo, men..."

Det kändes inte helt bekvämt att han skulle tränga sig på så där. Och hon var säker på att hon hade haft något med honom att göra någon gång i sitt tidigare liv. Innan Glenn.

"Conny. Jag har bott i Pias kåk mitt emot Ankaret. Du vet hon som har suttit på kåken för att hon slog ihjäl nån snubbe som höll på med deras hästar. Jag känner hennes brorsa så han fixade så jag kunde bo där. Fast nu är man hemlös igen. Hon kom ut häromdan och ville ha tillbaka kvarten. Men det ordnar sig väl."

"Känner inte du den där Sabinas kille?"

"Pärra? Jorå. Vi har festat en del ihop. Men det var mest förr. Innan han blev så djävla hårt hållen. Hon var snäll förut, den där Sabina. Men nu får han inte gå nånstans."

"Vi var på samma läger förra sommaren. Sabina och jag. Jag tyckte att hon var schysst."

"Bor inte du i Lillgården? Du har inte ett extra rum?"

"Nä, det är en tvåa, så tyvärr. Finns det hjärterum så drar de åt sig hela armen."

Conny kollade på henne med ett frågande ansiktsuttryck men verkade släppa det sedan.

"Jag kan inte kvarta på din soffa några nätter då?"

Inte hade hon nån lust att ha en snubbe där som inte gick att bli av med. Som blev kvar. Men det var svårt att bara säga nej.

"Asså, du kan kvarta på soffan i natt om du inte har nån annanstans att kvarta. Men bara i natt i så fall. Sen kommer min kille", drog hon till med.

Så han inte skulle få några idéer. Var det så att hon skulle ändra sig kunde det alltid bli slut med den där "killen".

"Har du förresten hört om rånet av pizzerian?"

"Klart som badvatten. Det är ju där Sabina jobbar."

"Vilket badvatten? Korvspad heter det väl. Förresten vet jag vem som gjorde det."

Egentligen brydde hon sig inte så mycket om vem som hade rånat pizzerian. Hon kände visserligen Sabina, som jobbade där, och tyckte att hon var schysst, De red tillsammans i samma grupp på ridskolan och de hade varit på det där lägret tillsammans förra sommaren men det var inte precis som att de var kompisar. Förresten hade hon inga kompisar. Nu vägde hon ändå nyfikenheten mot olägenheten att få ha Conny på sin soffa och nyfikenheten vägde i det här fallet tyngst.

"Okej, du får sova på min soffa i natt om du berättar vem som gjorde det."

"Fast det har du ju redan lovat."

Conny verkade ändå vara rätt sugen på att dela med sig av informationen. De gjorde sällskap upp till Lillgården och Anettes tvåa på nedre botten. Anette tog fram en filt och en kudde som hon slängde på soffan.

"Får man inte en kopp te?"

"Te? Allvarligt? Dricker du te? Ömsom vin och ömsom vatten."

"Va? Är det något fel? Har du inget te?"

"Den som söker och så vidare."

Anette hittade ett par tepåsar längst in i skafferiet och gjorde en kopp åt dem var.

"Här har du ditt te. Hur var det nu med den där pizzarånaren? Vem är det som är så korkad?"

"De var två."

"Hur vet du det?"

"Det finns folk som har svårt att hålla käften. Den ena är Pärras kompis. Jag mötte honom på pendeln igår. Han sa det visserligen inte rakt ut men han antydde det jävligt tydligt. Han sa nåt om att Tungelsta är mindre än man tror och att det inte var så mycket i den där kassan.

"Vem är det som inte tror att Tungelsta är litet? Det är väl en riktig byhåla."

"Bärra. Det var honom jag mötte. Och om han visste vem den ena var så måste han vara den andra.

"Okej. Så Bärra och en kompis till honom då?"

"Du får inte säga det här till nån."

"Vilken kompis?"

"Du vet Pias brorsa. Kenta. Men säg det inte till nån. I alla fall inte att det är jag som har sagt det"

37 Besöket

"Hej då", ropade Pärra.

Sabina hörde ytterdörren öppnas och stängas. Hon gick upp ur sängen, deras gemensamma dubbelsäng, tog ner morgonrocken från hängaren på väggen, satte på sig den och gick fram till fönstret som vette mot Allévägen. Hon tittade ut och såg Pärra komma ut ur porten. Hon gick in i badrummet och låste om sig, tog av sig morgonrocken och hängde den på kroken på väggen till vänster om dörren. Sen satte hon på vattnet i duschen, höll handen i det strömmande vattnet, väntade tills det hade lagom temperatur och ställde sig sedan under strålen. Hon tvättade sig med schampot som stod på en hylla i duschen, gnuggade in schampo i håret så att det löddrade ordentligt, sköljde av sig och torkade sig sedan på badlakanet som hängde intill duschen. Ur skåpet under tvätthon tog hon fram fönen och blåste håret torrt. I skåpet över tvättfatet hade hon mascara och eye-liner och hon målade sig omsorgsfullt. Kollade resultatet och gjorde en grimas. Deodorant, läppstift och så tog hon på sig morgonrocken igen och låste upp badrummet och gick ut därifrån.

Hon gick ett snabbt varv runt lägenheten och kollade så att hon fortfarande var ensam, satte på sig rena underkläder och tunna strumpor som hon tog fram ur byrålådan i sovrummet. Valde en ljusblå klänning, tittade sig i spegeln, försökte göra något med håret genom att samla ihop det till en uppsättning men gav upp. I klädkammaren hittade hon ett par högklackade stövlar och en mörkblå kappa av någon sorts ylletyg. Hon hade antagligen fått den av mormor men visste inte om hon någonsin använt den. Hon hade aldrig klänning eller kjol. Hon tittade på klockan och såg att det var dags att gå ut.

Hon fick vänta ett tag vid tågstationen men sedan såg hon tåget från Nynäshamn närma sig längre bort på spåret. Tåget var halvfullt och det var inte svårt att hitta en ledig plats men i Västerhaninge klev fler människor på och snart var nästan alla säten tagna.

Framme i Handen hittade hon snabbt bussen till Handens Sjukhus och efter några minuter lämnade bussen stationsområdet. Ytterligare några minuter senare gick hon av bussen vid sjukhuset och gick in genom huvudentrén. Vid informationsdisken fick hon besked om avdelning och sal och hon hittade snabbt salen där han låg.

"Jag glömde köpa blommor", sa hon. "Förlåt."

"Det gör inget", sa Ali. Han log mot henne. "Jag är glad att du kom. Kom och sätt dig."

Han klappade med handen på stolen bredvid sängen och Sabina gick dit och satte sig. Hon visste inte vad hon skulle göra av sina händer och bestämde sig för att knäppa dem i sitt knä.

"Hur mår du?"

"Helt okej faktiskt. De har gett mig något lugnande så jag är lite dimmig bara, men jag ska snart få åka hem."

"Va bra."

Hon skruvade på sig, Det var svårt att titta rakt på Ali så hon tittade runt i rummet.

"Vad var det som hände? Polisen ville inte säga något. Vad gjorde den där rånaren? Slog han dig?"

"Det var inte så farligt egentligen. De knuffade omkull mig så jag slog huvudet i och fick tydligen hjärnskakning. Men jag blev chockad också. Du vet, mina barndomstrauman."

"Stackars dig. Jag skulle kunna döda den som gjorde det."

"Så farligt är det ändå inte. Jag är snart på benen igen."

"Vet du vem det var som gjorde det? Kände du igen dem?

"Polisen har också frågat. Jag tror jag vet vem det är. Jag fick se på bilder och peka ut dem."

"Hoppas de åker fast."

"Det lät som om de kommer att göra det."

"Jag tänkte säga. Om du vill. Så kan jag jobba extra tills du mår bra. Jag kan ringa Mathilda så klarar jag att hålla öppet tillsammans med henne. Om vi får för polisen. Men de har i alla fall tagit bort avspärrningen."

Ali sken upp.

"Kan du det? Det vore jättebra. Inte bra att ha stängt. Man tappar kunder. Men jag är snart hemma igen. Kan snart jobba igen."

Sabina nickade. Ali tittade intensivt på henne och log och hon fick vända bort blicken igen.

"Du är söt", sa han.

"Nej", sa hon. "Du behöver inte säga det. Jag vet att jag är ful. Tråkig."

"Jag tycker du är söt."

Han lyfte handen och försökte stryka henne över kinden men hon vände bort ansiktet.

"Jag ska gå nu. Men jag öppnar pizzerian. Jag har en reservnyckel. Hejdå!"

Hon reste sig och gick mot dörren. Hon vände sig inte om. Hon vågade inte. Gick rakryggad genom sjukhuskorridoren och kämpade för att behålla ett neutralt uttryck i ansiktet, fick anstränga sig för att inte visa vad hon kände. Men inom henne jublade det. Fyrverkerier sköts hit och dit och hon skulle helst velat lämna sjukhuset med hoppsasteg. *Ali tyckte om henne.*

38 Zombi

Andreas hade gått som i ett töcken sedan i lördags, när han såg Ola med den där tjejen. Hans farhågor hade besannats. Det var inte han och Ola, Ola var inte nöjd med att det bara var de två, han hade en flickvän också. Eller kanske flera? Var han spolad? Vad skulle han nu ta sig till? Vad gör man i det läget? Konfronterar älskaren som egentligen aldrig lovat något? Låtsas som ingenting och håller tyst? Eller bestämmer sig för att man är värd något bättre, håller huvudet högt och går vidare utan den som sårar? I det ögonblicket när han hade sett Ola med en tjej trodde Andreas att han valde det sista alternativet. Han hade släpat sig hem och sovit en orolig sömn där han inte kunde sluta älta frågan. Stanna eller gå? Eller vadå stanna? Det var ju inte som om han hade någon att stanna hos utan bara någon som råkade dimpa ner någon gång när det passade honom. Det fick i alla fall bli slut på att låta Ola behandla honom som skit. Han skulle inte släppa in honom igen.

På söndagen hade han knappt orkat gå ur sängen, men han var tvungen att åka ner till stallet och ta hand om sina hästar. När han hade ridit kändes det bättre men det hade ändå varit svårt att sova. Nu var han helt slut. På jobbet hade han agerat zombie, genomfört sina lektioner på ren rutin.

Hur skulle han orka åka och rida? Samtidigt visste han att det skulle bli en välbehövlig paus från tankarnas malande. Mocka, rida, ta hand om hästar. Allt i nuet, fullt fokus på hästen och omöjligt att älta gamla tankar om och om igen.

39 Pizzerian

Helt bekväm var Sabina inte med att öppna pizzerian själv men hon gjorde det ändå. Mathilda skulle komma och hjälpa henne senare men efter det som hänt var det kusligt på något vis. Om de skulle komma tillbaka. Fast varför skulle de göra det? De måste ha märkt att det inte var mycket att hämta i den där kassan.

Hon tände lyset och slog på ugn, fritös, grill och stekhäll, plockade fram allt som skulle kunna tänkas användas, tomatsås, ost, strimlad skinka, champinjoner, lök, sallad, tomater. Hon skivade och hackade och la allt i skålar. Pizzadegen i kylen luktade inte gott, den fick hon slänga, men hon hittade en reservdeg i frysen, som hon tog fram och tinade. Sen satte hon igång och gjorde en ny deg. Vilken tur att hon hade tvingat Ali att lära henne.

Framåt sextiden kom Mathilda och hjälpte henne och strax därefter ringde de första kunderna och beställde. Det dök upp några kunder som ville ha lövbiff med pommes och persiljesmör och sitta där och äta. Några beställde när de kom men ville ha pizzorna med sig i en kartong. Flera av kunderna hade frågor om rånet och om Ali. Ryktet hade spridits. Det var många som hade hört att Ali låg på sjukhus och undrade om rånaren hade skjutit honom. Sabina svarade fåordigt, tyckte inte att varenda kotte hade med det att göra.

När klockan var strax efter nio stängde de butiken. Det hade gått bra, Sabina hade allt under kontroll men hoppades ändå att Ali snart skulle komma och hjälpa henne. I morgon hade hon sin ridlektion också, så då fick hon stänga tidigare i så fall.

På tisdagen gick Sabina ner till pizzerian för att öppna den igen. Hon skulle så klart få stänga tidigare om hon skulle hinna till sin ridlektion. Men när hon kom dit var Ali redan där. Det kändes alldeles varmt att se att han var hemma igen.

"Tack för att du höll öppet igår."

"Det var självklart. Hur är det med dig nu? Orkar du jobba hela kvällen?"

"Det känns så."

"Jag har bett Mathilda komma."

"Då fixar vi det tillsammans, Mathilda och jag. Jag vet att du vill gå och rida."

"Ska jag inte hjälpa dig med något när jag ändå är här?"

"Du kan ta en kopp kaffe med mig och förgylla min tillvaro en stund."

Sabina blev varm i ansiktet. Hoppas att hon inte rodnade så att det syntes. Så fånig hon var.

Ali ställde fram en varsin kopp kaffe åt dem vid ett bord, satte sig ner och gjorde en svepande gest med armen.

"Varsågod, damen."

"Jag är väl ingen dam."

"För mig är du en väldigt fin dam."

Sabina kände sig dum. Hon var inte riktigt säker på att han inte drev med henne. Eller skojade, åtminstone. Men han tittade på henne som om han verkligen menade det han sa. Sabina drack sitt kaffe snabbt och reste sig.

"Då går jag hem och byter om till ridkläder. Vi ses i morgon."

40 Marlene får ett tips

Kvällens ridlektioner var slut. Nu var de inne på andra veckan utan sadlar, med barbackaridning. Marlene hade frågat Ludde när de kunde komma och kolla på sadlarna, om det var deras, om de kunde ta med dem till ridskolan. Han skulle kolla med sina kollegor och försöka skynda på det hela. Han visste hur besvärligt de hade det.

Ett par gånger tyckte eleverna att det var varmt och mysigt med barbackaridning men sen skulle de säkert tröttna. Hon gav hästarna kvällshö, sopade stallgången och skulle precis ge sig iväg när hon fick se att Anette var kvar i stallet. Varför hade hon inte sett henne innan?

"Hej Marlene."

Hon såg ut som om hon ville säga något.

"Jag såg inte dig."

"Nej jag hade gått, men så gick jag tillbaka. Jag har en sak som jag måste säga. Fast jag har egentligen lovat att inte säga något."

Marlene tittade på Anette och log.

"Då kanske du ska hålla ditt löfte och vara tyst?"

"Fast jag kan nog inte det. Jag kan inte sluta tänka på det. Det vore fel att inte säga något. Tala är guld."

"Tiga. Det är tiga som är guld. Tala är silver."

"Jaja. Allt som glimmar är inte guld. I vart fall. Jag vet vem som rånade pizzerian."

Marlene studsade till. Kunde det vara sant? Hur kunde Anette veta något om det?

"Hur vet du det?"

"Det var en kompis som berättade. Alltså inte min kompis. Eller, jo, kanske. Men kompis med rånarens kompis, liksom."

"Men då måste du gå till polisen."

"Men jag tänkte … Du är ju ihop med en polis. Väl?"

"Du måste ändå berätta själv för en polis. Det funkar inte att jag säger att någon har sagt att någon har sagt, det hör du väl själv?"

"Jaja, men kan inte du berätta för din kille först bara. Som ett tips. Kan de inte bara kolla honom då?"

"Vem var det då?"

Och så berättade Anette det som Conny hade berättat för henne. När Marlene kom hem berättade hon samma sak för Ludde, som lovade att ta "tipset" med sig och kolla.

41 Sadlarna tillbaka

"Jag söker Lydia Lithander"

Polismannen stod i dörren till stallet. Lydia gick fram till honom.

"Det är jag"

"Jag försökte ringa men fick inget svar"

"Oj, jag har nog lämnat telefonen på kontoret."

"Ni hade blivit av med några sadlar?"

"Ja, var det våra sadlar som ni hade hittat i helgen?"

"Det vet vi inte förrän de är identifierade. Men vi har försökt kolla mot listan ni hade lämnat in och se om det är rätt märken och så, men vi behöver vara säkra. Jag undrar om du kan följa med upp till stationen och titta? Har du bil?"

"Marlene skulle följa med upp också. Jag kan ringa henne så kan hon komma hit och hämta mig."

En halvtimme senare var de på polisstationen. Lydia och Marlene fick gå in i ett rum där polisen hade lagt alla sadlarna. De hjälptes åt att kolla. Alla deras sadlar var där, men där fanns även fem sadlar som inte var deras, vilket de berättade.

"Då får vi se om vi kan para ihop dem med en annan anmälan. Det verkar vara många som har blivit av med sina sadlar. Tar ni med er alla nu?"

"Vet inte, lite trångt i Marlenes Skoda, kanske. Men det borde gå."

Lydia vände sig mot Marlene.

"Vi kan lägga hälften i skuffen och hälften i baksätet."

Marlene log med hela ansiktet. Så skönt att sadlarna kommit tillrätta. Ett stort problem som lyftes från hennes axlar.

"Det var tur att de körde i diket", sa hon. "Annars hade de kanske varit i Polen nu?"

"Det är väl stor risk för det. De här killarna har hållit på ett tag och vi har haft span på deras telefoner. Vi visste att de körde en mörk skåpbil.

"Men det var en vecka sen dom stal sadlarna."

"De var tvungna att åka tillbaka till Polen och hämta jeepen, så att de kunde dra upp skåpbilen. De gömde förmodligen sadlarna ifall någon skulle få för sig att kolla i bilen."

Lydia och Marlene hjälptes åt att bära ut sadlarna till Marlenes bil, körde tillbaka till ridskolan och lastade in.

"Hur är det med dörr till sadelkammaren? Har du beställt?"

"Jag har bett Vanja att kolla om vi kan få rabatt på byggshopen. De har väl dörrar på lager."

Det var dags för lunch och de hjälptes åt att fodra, innan Marlene åkte upp till Vädersjö för att ge deras egna hästar hö och sen hem till lägenheten för att luncha sig själv. Ett lugn hade infunnit sig. I kväll skulle ridskolans elever få rida med sadel.

42 Affär

De träffades på banken i Västerhaninge när den öppnade. Vanja hade tagit ledigt från jobbet, Marlene hade släppt ut hästarna och sedan åkt upp till Västerhaninge. Andreas följde inte med, det var för krångligt att ta ledigt när man jobbade i skolan. I så fall måste de fixa en vikarie. Andreas var tvungen att förbereda lektionen och sen blev den antagligen inte som han hade tänkt sig ändå. Vanja hade försäkrat honom att han inte behövdes. Egentligen räckte det med Marlene, eftersom hon stod som ägare, men Vanja följde med som "moraliskt stöd" som hon uttryckte det. Netterström var redan på plats när de kom och efter en liten stund blev de visade in i ett mindre rum där banktjänstemannen plockade fram papperen och kontraktet. Pengarna fanns på ett konto som Netterström hade och de fördes över i tre lika stora delar på de tre vännernas konton. Netterström fick lagfarten. De tog i hand när det var klart och önskade varandra lycka till.

"Det var fint att ni kunde lämna stallet så snabbt. Då hinner jag fixa lite där innan frugans och dotterns hästar ska flytta in."

"Vi kommer att ha städat och lämnat allt i månadsskiftet som vi sa men än så länge finns det hästar kvar i stallet."

De tog farväl utanför banken. Vanja åkte tillbaka till sitt jobb, Marlene åkte ner till Tungelsta och vidare upp till Vädersjö för att rida.

43 Misstänkta

Det knackade på dörren. Eller snarare bultade.

"Ta det lugnt", sa Pia, mer till sig själv än till den som bultade.

Hon satt i soffan och läste tidningen. Hon hade sagt upp prenumerationen innan hon åkte in i finkan men nu hade hon återupptagit den. Hon gillade att läsa papperstidningen istället för att, som många nu för tiden, läsa på telefonen. Hon visste var hon var och läste framifrån och bakåt, ögnade igenom rubriken, hoppade över det hon fann ointressant och läste det som intresserade henne. Det kändes som ett mer civiliserat sätt och det var så hon hade vuxit upp. Hon la ifrån sig tidningen på soffbordet, satte fötterna i tofflorna som stod nedanför soffan och reste sig. Innan hon hann fram till ytterdörren bultade det igen. Hon undrade om det var någon av Kents mer eller mindre drogpåverkade så kallade vänner.

"Kent", ropade hon.

Hon hade för sig att han hade kommit hem för en stund sedan. Ett oartikulerat läte hördes från övervåningen. Om han ändå kunde skaffa ett eget boende snart. Hon ville inte ha honom där.

Hon öppnade dörren och synen som mötte henne fick henne att studsa tillbaka. Två uniformerade poliser stod utanför dörren. De tog fram sina legitimationer och visade upp.

"Är Kent Martinsson här?"

"Jag vet inte. Jag kan kolla."

"Kan vi komma in?"

Pia höll fortfarande i ytterdörren med ena handen. Den andra höll hon mot dörrkarmen.

Nej, hon ville inte ha in dem.

"Kenta!" ropade hon med ytterdörren fortfarande på glänt.

"Vem är du?"

"Det är mitt hus. Jag bor här."

Fick de verkligen göra så här? Komma hem till folk och tränga sig på?

Kent kom lufsande nerför trappan. Pia vände sig om och spärrade upp ögonen i en min som frågade "vad har du gjort nu?" Kent ruskade på huvudet som för att säga att det inte var någon fara.

De ville ha med honom till stationen, han fick sätta på sig jacka och skor innan han följde med poliserna ut till bilen som stod på vägen. Det satt någon i baksätet. Pia försökte se vem det var.

"Vem är det som sitter i baksätet?" undrade hon.

"Bärra!" sa Kenta. Han verkade helt obekymrad om att han blev upphämtad av polisen.

Den ena polisen gick med Kent ut till bilen, den andra vände sig om på vägen och sa:

"De är misstänkta för att ha rånat pizzerian."

Bilen startade och körde iväg. Pia skakade på huvudet för sig själv. Det skulle nog aldrig bli folk av hennes bror. Sen kom hon på att de kanske skulle komma tillbaka och göra husrannsakan. Hon måste gömma pengarna på ett bättre ställe.

Hon hade ofta hjälpt Kenta att ta hand om pengar han fått tag på vid inbrott och rån. Kenta litade på henne, men han var inget vidare på att räkna och hon lade alltid lite till sig själv och gömde undan i huset. Om polisen skulle få för sig att göra husrannsakan skulle de antagligen hitta pengarna och lägga beslag på dem och det gick inte för sig. Hon behövde pengarna tills hon hade hittat ett sätt att försörja sig. Var skulle hon gömma dem? Hon måste gräva ner dem någonstans där polisen inte skulle leta. I trädgården? De kanske skulle se att det var uppgrävt och kolla. Nej, det måste vara någon annanstans.

Hon hämtade pengarna i källaren, gick ut och tog bilen upp till Vädersjö.

44 Vanjas beslut

Fredag morgon. Klockan ringde halv sju som vanligt. Vanja klev i jeansen, hittade en ren tröja i garderoben, drog en borste genom håret, öppnade kylen och konstaterade att där var i stort sett tomt. Som vanligt. Drack vatten under kranen, tog på sig en jacka och hittade bilnycklarna i jackfickan.

Strax innan sju var hon framme vid byggshopen. I köket hade någon kokat kaffe och hon tog en kopp, kollade kylen och hittade en gammal bulle. Så. Det fick duga. Bullen var torr, kaffet hade stått och bränt. Hon slängde halva bullen i papperskorgen och hällde ut det mesta av kaffet.

Hon gick direkt till Jans rum, dörren stod på glänt, så hon kikade in, såg att han var ensam, knackade lätt på dörren, stoppade in huvudet och frågade:

"Stör jag?"

"Nej, nej, kom in du Vanja. Har du funderat över det jag sa? Sätt dig."

Jan slog ut med handen som en inbjudande gest. Vanja satte sig men visste inte hur hon skulle sitta eller vart hon skulle göra av sina händer. Hon knäppte dem i knät. Varifrån kom helt plötsligt denna osäkerhet? Hon som brukade vara så kaxig. Hon fick flashbacks till någon förhörssituation hon varit med om som tonåring i skolan men intalade sig att det här var något annat, en positiv situation. Det var ett erbjudande för tusan.

Ändå kändes det obekvämt att inte bete sig helt ärligt – hon borde berätta för Jan att hon var gravid.

Fast å andra sidan var det inte säkert ännu, hon kunde förlora barnet och då var det onödigt, tänkte Vanja.

"Jag vill gärna försöka", sa Vanja.

"Så kul. Bra! Då gör vi så att du sitter med mig ett par timmar så jag får sätta in dig i jobbet. Och självklart får du en rejäl löneförhöjning redan nästa månad. Jag tror att det är ganska lugnt därnere idag. Du kan väl komma upp om en stund så ska jag visa dig?"

Det lät som en utmärkt idé. Vanja nickade. Hennes telefon spelade "Satisfaction" med Stones och vibrerade i fickan. Hon försökte trycka bort samtalet utan att ta fram telefonen. Det gick sådär. Försiktigt drog hon upp telefonen ur fickan samtidigt som hon fortsatte att titta på chefen. Hon tänkte att hon bara skulle kika vem det var och kollade snabbt ner. Det var Rasmus. Innan hon hann följa sin första impuls och bara trycka bort samtalet sa chefen:

"Om det är viktigt kan du ta det."

Var det viktigt?

Hon ville säga att det inte var det men nyfikenheten tog överhanden så hon tog fram telefonen och tryckte på svara-knappen.

"Hallå, Vanja, är du där?"

Hon kände hur hon blev darrig av att höra hans röst.

"Ja."

"Jag är en djävla idiot. Jag vill vara med dig. Självklart ska vi ta hand om barnet tillsammans. Om jag fortfarande får?"

Hon vill skrika att ja, jag har saknat dig som fan, jag längtar så jag kan dö, det är så tomt utan dig. Jag vill att du ska vara med och ta hand om vårt barn.

Chefen plockade förstrött bland sina papper men hon kände att han lyssnade, eller åtminstone inte kunde undgå att höra, så hon svarade bara.

"Javisst. Kan jag ringa dig om en stund?"

Hur djävla opersonlig kan man låta?

"Är det något fel?"

"Jag ringer dig strax", sa hon bara och sen tryckte hon bort samtalet.

Hon ansträngde sig för att inte visa att hennes inre var i uppror. Hon måste ringa upp honom. Jan log mot henne.

"Kärleksbekymmer?"

Undrar hur mycket han hade hört.

"Hmm."

Men det är inget jag vill dela med min chef, tänkte Vanja. Istället frågade hon:

"Men var ska jag sitta?"

"Du kan dela rum med Catrin."

Catrin jobbade med fakturering och kundreskontra och jobbade deltid, trodde Vanja. Det skulle säkert fungera bra.

"Jag kommer upp om en stund då."

Löneförhöjning skulle sitta fint. Då kanske hon fick råd att fylla kylskåpet. Kanske köpa en nyare bil. Nu hade hon ju stallpengarna också, nästan trehundratusen. Det skulle absolut bli en nyare bil. Och ett nyare släp. Och hon hade inte ljugit. Hon hade bara inte sagt något. Hon reste sig.

"Javisst. Det är ingen panik."

Hon gick ner i brädgården, morsade på Johan och Anton på lagret och gick ut på baksidan. Gick en bit in i skogen och ringde Rasmus.

"Du får gärna. Jag har saknat dig."

Översvallande kärleksförklaringar hade aldrig legat för henne och någon skulle kunna komma ut och undra vart hon tog vägen. Det fick räcka så. Hon fick visa tydligare att hon hade saknat honom när de träffades.

"Kommer du ikväll?"

45 Vänner

Conny hade sovit på Anettes soffa hela veckan och hon hade vant sig vid att ha honom där. Det var ändå ett litet sällskap. Conny var inte riktigt som sina loserkompisar. Han hade ett jobb, han körde truck på ett företag i Jordbro industriområde och han höll sig oftast nykter. Det hade inte varit något slags trick det där med att han ville ha te den första kvällen. Han drack te och han var trevlig. Trevlig var ett konstigt ord, tyckte Anette, men det var kul att prata med honom. Han var på ett sätt helt hämningslös. Ställde frågor om Anette och hennes liv utan förutfattade meningar och utan att känna sig dum och det var befriande.

Hon tänkte på sin före detta sambo, Glenn, på hur olika de två männen var. Glenn hade varit hennes stora kärlek och hon hade trott att de skulle spendera livet tillsammans. När han hade lämnat henne förra sommaren hade hon genomgått en livskris och det var den som hade fått henne att ändra stil. Inga mer chips och praliner. Alla män hon hade släpat hem var för att på något vis "ge igen". Nu förstod hon inte längre hur hon hade kunnat vara så korkad. Och hon började inse att hon inte hade varit lycklig med Glenn. Var pralinerna och viktuppgången bara ett sätt att döva den insikten? Det visste hon inte.

Hon hade aldrig tidigare pratat med någon om Glenn och att han hade lämnat henne. Hon hade aldrig berättat för någon om sin ångest och hon hade aldrig fått några frågor som fick henne att berätta. Conny bara frågade. Nästan lite naivt. Hon gillade det men var ändå tvungen att hitta en passande klyscha.

"Från barn och fyllon får man höra sanningen."

"Syftar du på mig? Är jag ett barn eller ett fyllo?"

"Ingetdera. Men du verkar vara väldigt uppriktig."

"Ska man inte vara det då? Det där talesättet fick du nog till rätt i alla fall."

"Och?"

"Du brukar blanda ihop dem. Vad är vitsen med det?"

"Äh, det är kul att se om folk reagerar. Det gör de oftast, men inte så många vågar fråga."

Anette trivdes med att ha honom där, hon gillade att prata med honom men hon ville inte riktigt erkänna det, så han fick ingen nyckel och han fick fråga från dag till dag om han fick stanna en natt till. Det var som att hon hade fått en vän. Så småningom började hon inse att hon inte ville bli av med honom så när han började prata om hur han skulle lösa sitt boende mer permanent kläckte hon ur sig att det kunde de lösa.

"När kommer din kille tillbaka, då?" undrade han efter några dagar.

Det var något med de samtal de haft som fick henne att svara:

"Jag har ingen kille. Jag hittade bara på det."

"Varför då?"

"Vet inte. Så du inte skulle tro något."

Nu började Conny gapskratta.

"Så oemotståndlig är du faktiskt inte, Nettan."

"Nettan. Det är bara min pappa som säger."

Conny gick fram till Anette och gav henne en kram.

"Men lite gullig är du ändå på något sätt."

Anette visste inte hur hon skulle reagera så hon bara stod där med armarna hängandes.

"Du kan bo här ett tag till om du vill. Det är faktiskt rätt hemtrevligt."

Conny fick flytta in i sovrummet och använda halva dubbelsängen med stränga förhållningsorder om att hålla sig på sin sida.

46 Vanjas nya jobb

Dagen gick som en virvlande vind. Det där med leverantörerna verkade inte vara svårt. Jan och Vanja skulle träffa några av de största och äta lunch med dem någon dag för att introducera henne. De bjöd. Så gick det tydligen till bland de stora pojkarna. Vanja njöt. Sen behövde hon lära sig hur stora påslag hon skulle göra på inköpen, det var olika på olika sorters varor hur stort påslag de "tålde". Det skulle bli hennes uppgift att beställa hem varor och att förhandla sig till så bra inköpspriser som möjligt.

Lätt som en plätt, tänkte Vanja. Affärer var hon bra på, inte rädd för att pruta. Tuff. Det kändes inte särskilt tungt eller svårt, bara roligt. Hon kunde säkert lägga sig till med en jargong som föll dem på läppen.

På eftermiddagen kollade hon på blocket efter en nyare bil och ett nyare släp. Hon hittade en Volvo som var flera år nyare än hennes gamla skrutbil och hon ringde på den. Jo det skulle gå bra att komma och titta i helgen. Hon måste ha någon med sig, så hon ringde Andreas, som inte svarade förstås. Hon skickade ett sms istället och innan hon lämnade jobbet hade han svarat:

Vi kan åka i helgen. Men i morgon skulle vi flytta hästarna.

Då fick det bli på söndagen. Hon ringde tillbaka till bilägaren och bestämde att de skulle komma och kolla på bilen på söndag förmiddag. Det bubblade inom henne. Ny bil. Och kanske nytt släp. Och Rasmus ville ha barnet. Han skulle komma hem till henne på kvällen.

På pigga ben lämnade hon sin arbetsplats vid fyratiden på måndagskvällen. Hon körde upp till ICA och rusade in och köpte en köttbit och potatis så att hon kunde bjuda Rasmus på något gott. Nu visste hon att hon hade gott om pengar på kontot fast det var någon vecka kvar till lön. Hon svängde in till sitt hus för att byta om och lägga in maten i kylen. Ställa in ett par öl i kylen. Öl ska avnjutas kall. Ljummen öl var inget man bjöd på.

Men först måste hon åka upp till stallet och ta hand om Ametist så hon bytte om till ridkläder och stalljacka. Fem minuter senare var hon ute i bilen igen och uppe i stallet efter ytterligare tio. När klockan var halv sex hade hon mockat och tagit in hästarna och ridit en stund på Ametist.

47 Avvecklandet

De hade använt hela morgonen och förmiddagen till att städa ur sina boxar, packa ihop sina grejor i IKEA-kassar och lasta in i bilarna. Nu var de på väg ner till Ekeby för att plocka in sakerna i stallet där. När de kom fram var klockan redan två på eftermiddagen och de bestämde sig för att bara ställa av kassarna och åka tillbaka och hämta hästarna.

När de hade burit in alla påsar körde de tillbaka upp till stallet i Vädersjö. Vanja hängde på sitt släp, tog in Ametist från hagen och lastade in honom i släpet efter att ha borstat av honom den värsta smutsen. Det kändes ganska viktigt att göra ett gott första intryck om de skulle träffa några av sina nya stallkompisar när de kom fram. Ametist var van att åka trailer och stod snällt och väntade när hon hjälpte Andreas med hans båda hästar. Andreas tog Asta och ställde in henne först och sedan kom Vanja med Cider. Så körde de ner till Ekeby igen och ställde in hästarna i deras respektive boxar i stallet. Cider, som var den yngsta av dem, gnäggade, men de hade fått boxar bredvid varandra och han lugnade sig snart när han märkte att Asta och Ametist tog det hela med ro.

"Ska vi släppa ut dem en stund? Vad tycker du, Andreas?"

"Det är lika bra att vi gör det nu så att vi ser att det går bra."

De hade fått en stor hage till alla tre hästarna och släppte ut dem tillsammans. Eftersom hästarna kände varandra var det inga problem. Vanja och Andreas stod ändå kvar ganska länge och tittade på dem och kollade så att det verkade lugnt innan de gick tillbaka in i stallet för att börja plocka upp allting. Det tog en bra stund och när de var klara var det hög tid att ta in hästarna och ge dem mat. Hela dagen hade gått åt till att flytta och de var båda två ganska slutkörda.

"Nu har vi gjort oss förtjänta av en kall öl, eller vad säger du, Andreas?"

De bestämde sig för att ge hästarna en vilodag. Eller sig själva, snarare. Vanja backade in sin trailer på parkeringen och hängde av den. Andreas väntade vid bussen.

"Jag tänkte lämna bussen här. Kan jag åka med dig?"

Vanja körde fram en bit så att Andreas skulle kunna kliva in i bilen men inget hände. När hon tittade efter Andreas såg hon honom stå och prata med en ung kille på parkeringen en bit därifrån. Hon tryckte till ett par gånger på tutan och Andreas kom efter ett tag.

"Vem var det där?"

"Jag vet inte men han verkade trevlig. Han har häst här. Tävlar också hoppning."

Vanja kastade en blick på Andreas och såg att han log med hela ansiktet.

"Hur har det gått med Ola?"

"Jag skickade ett sms och skrev att jag förutsatte att han inte ville ha något med mig att göra, eftersom han inte hörde av sig. Och att han inte behövde komma något mer. Fegt, jag vet, men jag orkade inte prata med honom. Jag kan inte säga att jag såg honom med en tjej utanför fiket. Det låter som om jag spionerade."

Vanja skulle precis kommentera men hann inte.

"Jag vet. Jag tycker också att det är fel att göra slut på sms. Men jag försökte faktiskt ringa en gång men då svarade han inte. "

Vanja tittade på honom och flinade. Han visste vad hon tänkte. Att man kan prova att ringa mer än en gång.

"Vad ska jag säga om han svarar då? Om du ska hålla på med tjejer vill jag inte vara med dig? Jag vet inte ens om vi någonsin var ihop. Så egentligen behöver jag inte göra slut heller. Men jag vill inte att han ska dyka upp helt plötsligt när han tycker att det passar honom."

48 Överraskningen

Pia stod ute på parkeringen och väntade. Hon skulle hjälpa Marlene med flytten av hästarna och det var inte mer än rätt, om hon nu skulle börja ta tillbaka sin häst, visserligen i små portioner, men ändå. De började med att åka upp till Sofias stall och göra i ordning boxarna. Lägga in strö och fixa foder. Därefter gav de sig iväg till Vädersjö, plockade ihop alla saker och lastade in dem i Marlenes bil. Sen var det dags att tömma boxarna och göra rent; tvätta och skura. Vanja och Andreas kom när de var nästan klara.

"Det känns nostalgiskt", sa Marlene.

"Äh", sa Vanja. "Det kommer bli svinbra. Vi ses ändå."

"Jag menade mest själva stallet. Det är ju resultatet av vårt arbete."

"Jag tycker också att det är trist på ett sätt", sa Andreas.

"Döda ting", sa Vanja. Var inte så djävla sentimentala. Nu måste vi sätta fart."

Marlene hängde på sitt släp och lastade på Miranda. Sen gav de sig iväg upp till det nya stallet, lastade av och ställde in hästen i den ena boxen. Därefter hjälptes de åt att plocka in utrustningen.

Sofia kom in i stallet.

"Hon kan stå inne tills vi kommer med Soraya", sa Marlene.

Sofia höll med.

"Vi är tillbaka om en halvtimme."

När de kom upp till Vädersjö var Andreas och Vanja precis klara och på väg att åka till Ekeby. De hjälptes åt att lasta Soraya för att köra upp till Sofias stall igen.

När Soraya också var på plats i sin box släppte de ut de båda stona i den hage som Sofia hade visat dem.

"Jag åker upp och rider senare."

Pia nickade.

"Vi behöver lunch. Du kan släppa mig utanför Coop så ska jag köpa något att äta."

När Marlene kom hem hade Ludde lagat en utsökt soppa, som stod på spisen. Marlene gick fram och luktade.

"Det doftar underbart. Vad är det i?"

"Det är zucchinisoppa. Lök, potatis, zucchini och buljong. Mixat och grädde i."

De hällde upp varsin tallrik och soppan smakade ännu godare än den luktade.

"Det har du gjort bra."

"Vet du vad jag mer har gjort bra?"

Marlene skakade på huvudet.

"Jag har bokat oss på en husvisning till i morgon eftermiddag. Hoppas att du inte har något annat då."

"Hus? Det vore underbart. Nu blir jag glad."

"Jag vill visa dig att jag bryr mig, att jag menar allvar."

Marlene gav honom en lång kram och pussade honom på munnen.

Sen åt de upp resten av soppan.

49 Spolad

"Men jag har ju gjort som du sa."

Pärra lät som om han skulle börja gråta. Det gjorde ingenting lättare.

"Förlåt, sa Sabina. Men jag vill inte längre. Dessutom har du faktiskt sagt att du tycker det är bra att ha ett hederligt jobb."

"Är det han? Den där pizzakillen?"

Det var det. Delvis. Hon tyckte om Ali. Väldigt mycket. Det pirrade i hela kroppen varje gång de sågs. Men det var inte bara det, hon hade inga känslor kvar för Pärra. Om hon någonsin haft några.

"Nej, sa hon. Jag behöver vara själv ett tag."

Lägenheten var hennes. Hon hade använt arvet efter mormor till insatsen och till några möbler. När Pärra flyttade in för ett par år sedan hade han haft med sig en tv och en soffa och dem fick han gärna ta med sig därifrån när han flyttade. Hon ville inte vara taskig så hon hade gett honom några veckor att flytta sina pinaler. Och sig själv. Fast nu ångrade hon sitt beslut. När hon väl bestämt sig ville hon att han skulle försvinna direkt. Men det hela löste sig när Pärra sa:

"Då drar jag i kväll. Jag har en kompis som har ett släp så tar jag med mig mina grejor på en gång."

Han hade sitt pojkrum kvar hemma hos sin mamma. Det var kanske inte så kul att flytta hem till mamma när man var tjugotre år, men hon kunde inte ha honom kvar hos sig bara för att det var synd om honom. Hon måste lära sig att lyssna på sig själv, att ta hand om sig själv. Det hade mormor gillat. Om hon såg ner från sin himmel, hade hon säkert varit stolt nu.

Nu skulle hon bo själv. Kunna ta hem kompisar. En kompis skulle komma redan i morgon kväll. En ny kompis. Hon hade stött ihop med Gabriella utanför Coop och känt igen henne från ridskolan. Hon hade visst haft sin häst i Vädersjö förut, hos Marlene och hennes kompisar. Nu stod den bredvid ridskolan och Gabriella hade varit där och ridit innan lektionen i tisdags, så hon hade sett henne där. Sen hade hon kommit tillbaka och hängt med Marlene. Sabinas ridgrupp hade bjudit med henne på sin fikastund efter lektionen. Det var inte som om hon inte kände igen henne innan dess. Sabina visste att Gabriella bodde i Ankaret, inte i samma hus som Sabina, men i huset mitt emot och de hade lagt märke till varandra.

När de träffades vid Coop och kände igen varandra som hästtjejer och visste att de hade något gemensamt kunde de stanna och prata. De hade gjort sällskap hem efteråt och när Sabina hade stött på Gabriella dagen efter hade hon fått för sig att bjuda hem henne.

"Det blir inget märkvärdigt", hade hon sagt. "Gillar du pizza?"

Det sa Gabriella att hon trodde att hon gjorde. Sabina skulle ta med en pizza hem när hon gick från jobbet klockan åtta och kvart över skulle Gabriella komma.

50 Anettes jobb

Conny hade mer eller mindre flyttat in men Anette höll hårt på att de bara var vänner. Hon ville verkligen inte blanda ihop vänner med ragg.

"Talar man om sina vänner står de i farstun", sa hon högt.

"Har du vänner i farstun?"

"Nej, nej, jag trodde jag pratade med mig själv."

"Du är en kul typ, sa Conny och skrattade."

Det var lördag. De drack te. Anette hade upptäckt att det faktiskt gick bra att dricka te och det var riktigt gott om man tog mycket socker i. Conny hade erbjudit sig att hjälpa till med hyran. Och han köpte med sig mat hem. Det var hemtrevligt att ha någon som kom hem med mat.

"Skönt att vara ledig."

"Fast jag är alltid ledig."

"Varför jobbar du inte? Behöver du inte? Klarar du dig ändå?"

"Nä, det är mer som att jag är arbetslös. Fast förut var jag sjukskriven."

"Vad är du för sjuk, då?"

"Jag är inte sjuk nu. Men jag var typ deprimerad. Efter att Glenn lämnade mig."

Han kommenterade inte att hon hade varit deprimerad. Som om det var en helt naturlig sak.

"Vill du ha ett jobb då?"

"Hmm. Kanske. Man kan inte lära en gammal hund att sätta på."

Conny skrattade.

"Fan vad du är kul, Nettan."

Anette drog tveksamt på mungiporna.

"De söker på mitt jobb. Om du vill kan jag fråga åt dig."

"Jag vet inte."

"Nä, nä, bara om du vill. Annars skiter jag i det."

"Jo, men gör det. Jag vill nog jobba."

"Nog?"

"Vill."

51 Acceptans och tolerans

Sabina och Gabriella delade på pizzan, det borde räcka för dem med en halv pizza var.

"Det är gott. Jag äter sällan pizza, men det är riktigt gott", sa Gabriella. "Hade inte du en kille, förresten?"

"Jo, men jag har gjort slut med honom. Ingen risk att han dyker upp här. Hoppas jag."

"Vaddå hoppas?"

"Man vet aldrig med killar."

Sen berättade Sabina om Pärra och varför hon hade tröttnat.

När de hade ätit upp pizzan frågade Sabina:

"Vad är det egentligen med dig och Pia?"

Gabriella blev tyst, mungiporna åkte ner och Sabina såg hur Gabriella blev röd i ansiktet. Efter en stund svarade Gabriella:

"Hon är en mördarkärring."

Och sen kom hela historien om hennes pappa, om vad folk sa att han hade gjort och vad Pia hade gjort.

"Men var det meningen att han skulle dö? Jag har hört om det där med hästskärningarna   och som jag fattade det var det en olyckshändelse när de vaktade stallet."

"Jo, kanske det. Men ändå."

"Jag tycker att du ska prata med Pia. Det skulle nog kännas bättre. Du kan inte undvika henne resten av livet."

Gabriella blev fundersam, men efter en stund kom de igång och pratade om hästar istället.

"Vill du följa med mig och prova att rida på Monty någon gång?"

"Skojar du? Jag skulle bli skitglad om jag fick."

"Men häng med i morgon då."

De fortsatte att planera morgondagen.

52 Pias jobb

Marlene hade sagt upp sitt jobb på fritidsgården och från och med början av oktober hade hon ansvaret för ridskolan. Hon hade insett att hon inte skulle kunna klara av att sköta ridskolan helt själv även fast det var flera som hade lovat att hjälpa till. Sabina kunde komma och hjälpa till med mockningen ibland på förmiddagarna, sa hon. Gabriella kunde ta något pass när det behövdes, om Marlene inte kunde vara där. Det var både morgon, lunch, insläpp och kvällsfodring. Förutom alla lektioner. Vanja och Andreas hade erbjudit sig att ta ett par lektioner var i veckan. Men det stora problemet med att jobba alla morgnar och alla kvällar kvarstod och det måste lösas. Nöden är uppfinningarnas moder och när man måste komma på en lösning brukade den finnas närmare till hands än man kunde ana. Svaret kom självmant när Pia en dag frågade om hon skulle kunna få ha lektion med någon barngrupp. Pia kunde tillräckligt med ridning för att undervisa och hon hade jobbat med barn på sitt förra jobb som kurator.

"Jag kan hjälpa till i stallet också. Om du behöver vara ledig någon förmiddag."

De hjälptes åt att göra ett schema, så att Pia hade vissa förmiddagar och att Marlene kunde vara ledig när hon hade lektionerna på kvällarna.

"Jag har startat en egen firma också", sa Pia. Jag ska kunna hoppa in som vikarie på olika ställen där man behöver socionomer. Men det vore bra att ha en liten fast inkomst, åtminstone till att börja med.

Marlene och Pia hade gjort ett schema för hur de skulle kunna dela på Soraya så att Marlene fick fortsätta tävla med henne. Därmed delade de också på stallhyran. För Pia var det bra att slippa betala hela stallhyran själv. Hon fick även hjälp av Marlene med ridningen.

53 Vanjas investering

Vanja parkerade bilen utanför stallet. Sin nya Volvo. Ny var den så klart inte, den var åtta år gammal. Men jämfört med den gamla rishögen hon haft innan var det en lyxbil. Den var blå i lacken och helt i avsaknad av rostblaffor. Och den var fräsch inuti också. Så fräsch att hon fick lov att ha hyfsat rena kläder på sig för att inte förstöra klädseln. Det tog henne också längre tid att gå ur bilen för hon fick göra det ordentligt – med värdighet. Kunde inte hoppa ut och kasta igen dörren i farten som hon gjort med sin gamla bil. Och det bästa av allt – den fungerade. På stallparkeringen stod även hennes nya Boj-släp, som förstås inte heller var alldeles nytt, men fräscht och felfritt.

Hon hade använt sin del av pengarna de fick för stallet till att byta ut sin gamla, risiga Volvo och sitt gamla släp och det kändes bra. Hon hade ändå pengar kvar och de kunde komma väl till pass när de skulle bygga ut huset. Rasmus skulle också lägga pengar för att de skulle få ett bättre boende när de blev fler i familjen. Det hade även blivit en märkbar skillnad på lönen sedan hon började med sina nya arbetsuppgifter, det var flera tusen extra. Även om Vanja var av den bestämda uppfattningen att man inte kan köpa sig lycka, kände hon sig lugnare och mer tillfreds när pengarna räckte längre. Hon hade inte ångrat att hon tackat ja till sina nya arbetsuppgifter. Löneförhöjningen var en orsak, men hon började bli sliten i kroppen och det var en bra kombination att ha en aktiv fritid och ett mera stillsamt jobb där hon fick använda huvudet. När hon hade arbetat klart var hon trött i huvudet men fortfarande fräsch i kroppen och då var det perfekt att åka ut till stallet och mocka och rida. Vila huvudet och jobba med kroppen.

54 Avskedsfesten

Hösten hade varit så bra som en höst kan vara, med många soliga dagar och frisk luft. Den här dagen var det strålande väder, solen sken, vindarna var svaga och ljumma. Det var i början av oktober och man skulle kunna kalla det Brittsommar, även om det var ett par dagar kvar till själva Birgittadagen. Trädens löv hade börjat skifta färg i otaliga varianter på skalan gul-grön-röd och lönnarna exploderade i eld. Många av bladen låg redan som en prunkande matta på marken. Flitiga husägare räfsade ihop det mesta och la till kompost, men Vanjas löv låg kvar på gräsmattan som gödning. En sista vända med gräsklipparen innan vintern skulle finfördela dessa rester från sommarens lövverk.

Vid ridskolan luktade det nyklippt gräs. Någon hade kanske för sista gången innan vintern ansat sin gräsmatta. Det sköna vädret inbjöd till städning av trädgården och från ett annan håll kom en svag doft av brandrök, av brinnande kvistar och grenar, som efter en stund blandades med doften av brinnande tändvätska och så småningom med doften av nygrillad korv.

Vanja skötte grillningen, hon bredde ut korv, plockade upp korvbröd och ställde fram senap och ketchup. Inne i ridhuset hade Hans dukat upp mat på ett bord. Eller det var inte någon riktig mat, utan mer plockmat, som det kallas.

Det var Lydias avskedsfest. Om några dagar gick flyttlasset till Skåne, och Lydia hade bjudit in alla hon kände. Det var egentligen inte hennes stil att ordna stora fester, men Hans hade peppat henne och sagt att hon skulle ångra sig om hon inte fixade ett riktigt avskedsparty.

Det var lördag eftermiddag och ridlektionerna var slut. Lydia försökte göra det extra festligt med ballonger och serpentiner. Nu såg det mest ut som ett barnkalas, tyckte hon. Hans hade hjälpt henne att ställa ut bord och stolar som de hade hyrt och nu var han i full färd med att lägga fram och plocka upp alla sina små godbitar; snittar av surdegsbröd med ost och oliver, tunnbröd med räkor och lax, kavring med rostbiff. Det fanns grönkålschips, stavar av korv, gurka och morötter som kunde dippas i en vitlökssås. Dessutom hade Hans gjort en smörgåstårta. Förutom grillkorven var det bara kallt, förstås, det skulle bli för krångligt att hålla varm mat. Istället bjöd de på Glühwein, både med och utan alkohol, men det fanns även mineralvatten, kaffe och te.

Andreas hade ringt till Vanja och frågat om man skulle ha något med sig. Det kändes fel att ta med något till en som skulle flytta. Vanja höll med. Istället hade de, tillsammans med Marlene, ritat och målat ett A3-ark med små episoder och anekdoter avbildade. Det var foton på Lydia och karikatyrer av hästar med avfallna ryttare, det var framgångar på hinderbanan och i terrängen och det var deras tränare i sitt esse på träningen med pratbubblor som "Framåt!" och "Lätta i handen." Arket var nu inramat och överlämnat till Lydia, som fick svårt att hålla tårarna tillbaka.

Många av eleverna på ridskolan hade kommit, bland annat Sabina och några från hennes grupp, som Andreas inte riktigt kände igen. Men det var även andra gäster, folk som Lydia kände och som inte hade med ridskolan att göra, det var ryttare som tränade för henne, det var uppfödare, hästägare som hade sina hästar utlånade till ridskolan och även några bekanta till Hans. Även fast det var plockmat fanns det sittplatser till alla, Lydia hade varit tydlig på den punkten. Inget mingel. Lydia hade en relativt inåtvänd personlighet och hatade att konversera. Det passade Andreas bra eftersom han var likadan själv. Det var inte omöjligt med ytligt småprat om det var nödvändigt av någon anledning. Andreas kunde vara trevlig mot folk han inte kände om det behövdes. Om det var någon han behövde lära känna. Annars var det bortkastat och obekvämt.

Till en början spelades musik i högtalarna, Vanja hade satt på en av sina spotifylistor och nu strömmade 70-talsrock från högtalarna. Det var allt från Stones till Deep Purple och Pink Floyd. Efter en stund stängdes musiken av och någon skulle hålla tal. Det var ingen som Andreas kände igen, men kvinnan pratade om hur mycket hon skulle sakna Lydia och hennes "hårda bandage". Troligen en elev. Så blev det någon sorts allsång och sen sattes musiken på igen.

Anette kom tillsammans med Conny. Sabina och Gabriella kom tillsammans från stallet där Monty stod. Pia och Marlene kom från sitt stall, de hade antagligen varit och tittat till Soraya och Miranda.

När Sabina fick syn på Pia drog hon med sig Gabriella dit.

"Gabriella vill prata med dig om sin pappa."

Vill jag? tänkte Gabriella.

Men Pia var tillmötesgående och förekom henne.

"Det var inte alls meningen, det hoppas jag att du har förstått."

Gabriella tittade ner.

"Det vet hon", sa Sabina.

"Jag hoppas att vi kan bli vänner så småningom", fortsatte Pia.

"Hmm", sa Gabriella.

"Det går nog så småningom", sa Sabina. "Men hon behöver tid."

"Det förstår jag", sa Pia. "Tack!"

Nu tittade Gabriella upp på Pia. Undrade varför hon sa tack. Nickade och drog sedan med sig Sabina därifrån.

"Det där gick väl bra", sa Sabina. "Ni behöver inte bli bästa vänner men det är bra om ni kan prata med varandra när det behövs. Börja med att säga hej, när ni ses."

När Andreas hade ätit klart såg han sig omkring och kände plötsligt igen ett bekant ansikte. Han gick dit och sa hej och möttes av ett igenkännande leende.

"Det kanske är dags att vi presenterar oss. Andreas, heter jag."

Den trevliga killen, som han hade träffat på Ekeby tidigare, hette Filip. När de hade träffats första gången hade de mest bara pratat om stallet och sina hästar. Nu kom de in på mer personliga ämnen, som var de jobbade, var de bodde, hur det var med familj och allting annat som man vill veta när man lär känna en ny person, som man finner intressant. Ju mer de pratade, desto mer insåg de att de trivdes i varandras sällskap. Innan de gick vidare för att umgås med sina respektive vänner, hade de bestämt att rida ut tillsammans på söndagen. När Andreas gick därifrån för att leta rätt på

Vanja och Marlene, upptäckte han att han inte hade tänkt på Ola överhuvudtaget den senaste timmen.

55 Flyttlasset

På onsdagen hade Hans hyrt in en flyttfirma och de lastade in alla hans flyttkartonger med husgeråd, kläder och allt annat som en människa samlar på sig i livet. Alla möbler fanns också där i lastbilen när den stannade i Lillgården för att fylla på med Lydias möbler och flyttkartonger.

Marlene, Vanja och Andreas åkte upp till Lillgården för att vinka farväl.

Lydia var full av tips och förmaningar in i det sista.

"Glöm inte stänga av utevattnet innan det fryser, har du numret till höbonden? Ring om det är något – det är bara att ringa."

"Vi kommer att klara det. Var inte orolig, Lydia", sa Marlene. "Vem vet, vi kanske dyker upp och besöker er där i Skåne rätt som det är."